Laure
&
Loïc
21 mai 2022

SHENG Keyi

Un paradis

Illustré par l'autrice

Roman traduit du chinois
par Brigitte Duzan
avec la collaboration de Zhang Xiaoqiu

Éditions Picquier

DE LA MÊME AUTRICE

Le Goût sucré des pastèques volées

Titre original : *Fudi*

Mas de Vert
B.P. 20150
13631 Arles cedex
www.editions-picquier.com

Illustrations intérieures : © Sheng Keyi

Conception graphique : Picquier & Protière
En couverture : © Kewei Hu / Unsplash
Mise en page : Christiane Canezza – Marseille
ISBN : 978 2 8097 1548 4
ISSN : 1251-6007

Note au lecteur qui s'apprête à entrer au Paradis

Le récit se déroule dans une clinique illégale pour mères porteuses gérée selon un système quasi militaire qui tient autant du centre de détention ou de la prison pour femmes, voire de la maison close.

La narratrice est une jeune recrue un peu demeurée du nom de Wenshui (问水), littéralement « questions à l'eau ». Son petit frère, mort-né, devait s'appeler Wentian (问天), soit « questions au ciel ». Le roman est placé sous le signe de l'eau, élément *yin*, essentiellement féminin.

Le chef d'établissement se fait appeler président Niu ; il a pour nom Niu Yugen (牛玉根), *yugen*, c'est-à-dire racine de jade ; mais les femmes l'ont surnommé Niu Rouwan (牛肉丸), c'est-à-dire Boulette de Bœuf (*rouwan* : boulette de viande, *niu* : bœuf), surnom ironique pour quelqu'un dont l'embonpoint est décrit en détail.

Il a deux assistants aux surnoms militaires :

– l'un, Jiang Jingui (将金贵), surnommé Petit Général (Xiao Jiang 小将), avec un jeu de mots sur son patronyme ;

– l'autre connu sous son seul surnom de Grand Soldat (Da Bing 大兵), traduit Caporal, ce surnom faisant le parallèle avec le précédent.

Quant au petit chien qu'amène avec elle Wenshui, les femmes lui donnent le nom de Fuqi (福气), c'est-à-dire porte-bonheur, traduit Mascotte. Il renvoie au titre du roman, *Fudi* (福地), qui désigne la demeure des immortels dans le taoïsme et un lieu saint où prier Bouddha dans le bouddhisme, donc une terre bénie des dieux, un paradis.

Les aquarelles qui accompagnent le texte ont été réalisées par l'auteure pour l'édition française.

BRIGITTE DUZAN

1

« Tu es nouvelle, ici ? Comment t'appelles-tu ? » vient me demander une jeune femme en robe verte, en me prenant les épaules des deux mains, comme pour m'inviter à danser. Elle a des petits yeux de mouton ; dans le monde des animaux, quand le lion s'apprête à ouvrir la gorge d'un mouton, c'est le genre de petits yeux à demander, mais pourquoi ?

« Laisse tomber, Clémentine, tu n'as pas vu qu'elle est idiote ?

— Et en plus elle amène un chien, un chihuahua.

— Elle a dans les quinze ou seize ans, non ?… Ah, ma jeune amie, tant que tu as de l'appétit, profites-en pour bien manger, car, sous peu, tout ce que tu mangeras, tu le recracheras.

— Numéro 168… » lit une femme en pointant du doigt un numéro brodé sur ma poitrine, puis elle ajoute en dessinant un cercle soulignant le contour de mon sein : « Ah mais c'est dodu à point… »

Toutes les femmes éclatent de rire.

« Regardez, avec sa tête rasée et sa blouse blanche avec le numéro brodé dessus, on dirait une détenue.

— Il faut d'abord qu'on te donne un nom de fruit », me dit en me caressant la tête une femme au ventre rebondi portant une robe rouge.

Cette femme, les autres l'appellent Pomme. Elle exhale un très léger parfum de savon, comme ma mère, et donne l'impression d'être solide, avec un visage rond, des yeux ronds et, à la base d'une aile du nez, un grain de beauté comme de la mousse à l'angle d'un mur, qu'il suffirait de presser un peu du bout du doigt pour en faire sortir de l'eau. Maman s'était mise à hurler dans la maison, comme si quelqu'un la battait. Ses cris effrayèrent les oiseaux qui picoraient dans les brins de chaume du toit et, ah ! ils s'envolèrent tous d'un coup, comme des balles fusant soudain dans l'immensité grisâtre du ciel. Les arbres avaient déjà perdu leurs feuilles ; quelques branches mortes, cassées, pendaient comme des doigts estropiés, en se balançant de-ci, de-là. Il y avait beaucoup de monde, dehors ; des hommes s'affairaient à fabriquer une chaise à porteurs, en attachant un fauteuil à deux solides barres de bambou pour pouvoir le porter à la palanche. La corde de chanvre passait et repassait, le bambou grinçait. A voir l'excitation des femmes qui, les enfants sur le dos, grignotaient des graines de pastèque, on en oubliait de s'inquiéter des cris de ma mère.

« Quand j'ai accouché de notre aîné, j'ai poussé des hurlements bien plus effrayants que les siens.

— Nous, les femmes, on n'a pas le choix, il faut bien supporter la douleur. »

Deux hommes sortirent en portant maman ; elle avait les cheveux humides collés au visage et le bas du corps tout rouge. Ils la posèrent sur le fauteuil et elle resta étendue là, les yeux fermés, les lèvres serrées, comme profondément endormie. Ils lui firent faire un tour dans le bourg. A leur retour, elle était toujours dans la même position, avec la même expression, la seule différence étant que ses cheveux avaient eu le temps de sécher et que son visage était encore plus blême. Elle semblait si épuisée qu'elle n'ouvrit même pas un œil pour me regarder ; elle était tellement endormie qu'elle tomba dans la boue quand ils posèrent le fauteuil, et elle ne me demanda même pas si j'avais mangé.

« Appelons-la Cantaloupe, elle a l'air aussi exotique que les melons de Hami.

— Moi, je trouve que Myrtille lui irait bien mieux, elle a un regard bleu-noir comme ces fruits.

— Pas d'accord ! Pour moi, c'est à une pêche qu'elle ressemble, avec du sex-appeal et beaucoup de jus.

— Cerise, ce serait bien mieux ! A la fois délicate et exquise, fraîche et délicieuse.

— Ahah ! On n'a qu'à l'appeler Pastèque. Une pastèque un peu folle dont chacun peut se couper une tranche. »

Tout en me cherchant un nom, les femmes taquinent le petit chien noir que j'ai amené avec moi. Au milieu du repas, j'étais devenue Pêche, et mon chien avait été baptisé Mascotte.

2

Un homme corpulent entre dans la salle à manger ; vêtu d'un costume occidental gris, avec une cravate sang de porc, il a l'air soucieux de celui qui a perdu quelque chose et son regard parcourt les tables comme s'il cherchait son voleur parmi nous. Il est suivi d'un assistant en tenue de camouflage, un nommé Caporal, cheveux souples, peau très blanche et visage constellé de grains de beauté.

« 064 ! hurle l'homme.

— Présente, répond Pomme qui se lève lentement en se tenant le ventre dont les muscles se sont soudain complètement relâchés.

— Tu dois avouer sincèrement avoir commis une erreur, dit l'homme en tournant le regard vers elle comme une sentinelle de nuit scrutant l'obscurité sur une tour de guet, le blanc de ses petits yeux telle une torche explorant l'ombre autour de lui.

— … J'ai écrit une lettre en fraude, sans demander l'autorisation ; d'après l'article six, alinéa quatre, du règlement intérieur, cette faute est passible d'une amende de mille yuans…

— Vous avez terminé ? demande l'homme en fixant Pomme comme un chien attendant que son maître recrache un morceau d'os.

— J'ai eu tort. » Le bout d'os est craché.

L'homme le saisit entre les dents en regardant Pomme de travers, comme s'il était gêné par de la fumée.

« Vous la sanctionnerez sévèrement, Caporal.

— Que le président Niu soit tranquille. »

Puis les deux hommes quittent la salle à manger comme un navire levant l'ancre.

Et les femmes se réunissent de nouveau, comme l'eau se refermant dans le sillage du bateau.

« Ce Niu n'est pas humain, il exagère ; il faut trouver un moyen de le griller, dit Clémentine.

— Laisse tomber ; il vaut mieux se faire une raison, ce sera vite passé, réplique une femme au visage maigre qui vient juste de vomir, on a droit à une lettre par mois, cela me semble bien suffisant, je n'ai même pas envie d'en écrire une seule – mère porteuse, tu parles comme j'ai envie de le raconter !

— Poire des Neiges, faut pas en faire un complexe, dit une femme aux grands yeux, à la grande bouche, au long nez et aux longues incisives, porter un enfant pour quelqu'un d'autre, c'est louer son utérus, on ne vend personne.

— Dis donc, Grenade, t'es fière de toi ? Mais, euh… comment dire… tes parents, tes amis… ils sont au courant ? réplique la dénommée Poire des Neiges qui a l'air d'avoir une nouvelle nausée.

— Tu as du mal à trouver tes mots, on dirait. Tu as des problèmes pour t'exprimer…

— Je parle chinois, non ?

— Vous êtes encore en train de vous chamailler, intervient Clémentine en les interrompant, mais n'oubliez pas que ce que Niu redoute le plus, c'est qu'on fasse corps.

— Nos conversations téléphoniques sont sur écoute, notre courrier est surveillé… De quoi peut-il bien avoir peur ? Tout ce qu'on veut, c'est supporter les dix mois à passer ici, prendre le fric et se tirer, non ?

— Il est atteint de vitiligo, alors il se pose en membre de la race blanche, il ne lui manque qu'une touffe de poils sous le nez pour être le portrait craché de Hitler.

— C'est qui, Hitler ?

— Un pervers sexuel.

— Nous avons toutes nos raisons pour venir ici, mais maintenant, face aux difficultés, nous devons faire front pour ne pas laisser Niu profiter de la situation. Il faut que ce soit bien clair, son entreprise est illégale, donc, en fait, il a peur de nous », conclut Clémentine dont les yeux se sont mis à briller comme ceux d'une panthère.

3

Une sonnerie assourdissante retentit, et l'homme rondouillard – le président Niu – rentre dans la salle à manger, suivi cette fois de deux assistants en tenue de camouflage : le même Caporal qui était avec lui précédemment, et un deuxième homme, surnommé Petit Général. Ce dernier a une tête de buffle, les jambes droites comme des manches à balai, enchâssées dans une paire de bottes noires.

Mascotte remue la queue en signe de bienvenue, puis, la mettant entre ses pattes, vient en trottinant se ranger à mes côtés.

Les lèvres pincées, le président Niu a l'air d'inspecter des troupes, son regard passant lentement d'une assiette à l'autre.

« 123, pourquoi ne finissez-vous pas la viande qui reste sur l'os ? demande-t-il en poussant l'assiette deux fois, ce qui finit par faire tomber les baguettes.

— Cet os, il n'y a qu'un chien qui voudrait encore le ronger, réplique Clémentine, la tête bien droite sur son cou très fin, j'ai déjà rogné tout ce qui pouvait l'être. »

Le président Niu regarde l'os sous un autre angle, sans broncher, puis continue d'avancer. Voyant une assiette totalement vide, son visage semble vouloir esquisser un sourire de contentement, et il lève les yeux pour regarder la propriétaire. Mais, finalement, il ne sourit pas, donnant plutôt l'impression de faire des efforts pour retenir un pet.

« Et là, quel est le problème ? demande-t-il, planté devant Grenade, les mains dans le dos, droit comme un I.

— Ça sent le fumier, réplique Grenade.

— Notez-moi cela. Et appliquez l'article correspondant du règlement, ordonne le président Niu au dénommé Caporal.

— Mais la nourriture est infecte, c'est la faute du cuisinier, rétorque Grenade, sous l'œil attentif de Petit Général.

— Les autres l'ont bien mangée, alors pourquoi pas vous ? » lui demande le président Niu en plissant les yeux. Puis, se tournant vers une autre : « 088, dites-moi, comment se fait-il que vous ayez tout mangé ?

— Au rapport, mon président, je pense que je pourrais en reprendre encore deux fois, répond 088, le visage, déjà rubicond, rougissant encore plus après ces paroles élogieuses.

— Toi, Fraise, tu t'y connais en flatteries », lui lance Clémentine.

« Choix des menus, des quantités, des horaires et des saveurs, toutes ces normes culinaires, nous les avons établies selon des principes scientifiques, car elles sont cruciales pour la mère comme pour le fœtus, explique le président Niu en avançant d'un pas à chacun des principes énoncés. Pourquoi tant de centres comme celui-ci ont-ils dû fermer, et pourquoi le mien a-t-il de plus en plus de succès ? Parce que j'ai un excellent mode d'exploitation qui donne confiance à la clientèle. Car ici, le client est roi, tout est au service de l'humain. Il faut que vous compreniez bien que les amendes n'ont qu'un objectif, et un objectif fondamental : votre bien. Cette maison est un paradis pour vous.

— Cette maison n'est pas au service de l'humain, mais au service du fœtus – au service du fric.

— Si la mère ne va pas bien, comment peut-elle porter un fœtus sain ? C'est absurde. Tous les produits qui sortent d'ici sont aux normes.

— Des produits ? Vous pensez que les bébés sont des produits ?

— Mais bien sûr, lance le président Niu, comme pris d'une envie pressante d'aller aux toilettes. Et vous en êtes les productrices.

— Nous ne sommes donc pas des mères ? Et n'avons donc pas droit au respect qui leur est dû ?

— Des mères ? s'exclame le président avec un éclat de rire rondouillard qui fuse de ses lèvres fines. Mais non. Vous n'offrez qu'un hébergement. Je vais vous donner un exemple : des voisins ont un chien de traîneau, un husky ; mais comme ils sont envoyés en mission pour leur travail, ils vous laissent le chien en garde en vous payant les frais de pension. C'est aussi simple que cela.

— Mais enfin, on n'est pas des chiens, dit Clémentine.

— Bien sûr que vous n'êtes pas des chiens, vous êtes des productrices, affirme le président avec de nouveau, dans le regard, l'expression de celui qui est gêné par de la fumée, et si vous comprenez bien ce principe, votre séjour ici sera bien plus peinard. »

Petit Général se précipite soudain vers moi et attrape Mascotte par les poils du cou : « Ici les chiens sont interdits ! » Je m'agrippe à mon chien qui gémit et ouvre grand la gueule, mais sans parvenir à crier. La main qui a saisi Mascotte a les veines saillantes ; je la mords à pleines dents et sens un goût salé m'envahir le bout de la langue. Le propriétaire de la main, quant à lui, profère un grand cri et lâche prise. J'en profite pour reculer jusqu'au mur tandis que Mascotte lèche le sang qui m'est resté au coin de la bouche. Un sang qui n'est pas le mien.

Poire des Neiges sort un pansement de sa poche et le donne à Petit Général en le rassurant : « Ne t'en fais pas, elle a été vaccinée. »

Ce qui soulève l'hilarité générale, à laquelle le président Niu lui-même ne résiste pas.

4

La vitre de la fenêtre a une fissure en forme d'éclair.

« Wenshui, je vais acheter à manger, reste ici et ne bouge pas, » m'a dit Tête de Bois dont le crâne, en s'éloignant, apparaissait par moments, puis disparaissait de nouveau au milieu de la foule.

En marchant, je comptais les briques des échoppes le long du chemin.

« Wenshui, ne va pas jouer avec Tête de Bois, il est capable de te vendre », m'avaient dit les gens du village.

Je n'ai pas retrouvé Tête de Bois et je suis tombée. Maman a remarqué les taches de sang sur mon pantalon et elle est allée voir le secrétaire du Parti en pleurant. Le secrétaire a convoqué à une réunion le ban et l'arrière-ban des responsables du village : le chef du village, le chef de l'équipe de production et du groupe de travail, le caissier et le comptable, plus la représentante de l'association des femmes.

« Vous connaissez tous Tête de Bois, c'est un demeuré dont la mère, en plus, est paralysée... Il est du village, et c'est une source de sérieux problèmes ; il a en particulier une très mauvaise influence sur les enfants.

Vous tous, les responsables réunis ici, secrétaire, chef de village, chef d'équipe, vous ne pourriez pas me rendre justice ? »

Portée par son fils sur son dos, la mère de Tête de Bois est venue voir le secrétaire du village pour implorer son aide : s'il ne l'aidait pas, elle viendrait mourir chez lui.

Conformément au jugement rendu par le village, maman a malgré tout récupéré le buffle de la famille de Tête de Bois. Mais il a servi en entier à payer les frais d'hospitalisation de mon père. Maman a bien demandé un paiement en différé ; mais le médecin lui a répondu que ce n'était pas lui qui gérait l'hôpital, que c'était un hôpital public, administré par l'Etat. Maman ne le connaissait pas, cet Etat, elle n'avait pas son adresse ni son numéro de téléphone. C'était certainement quelqu'un de méchant ; à mon avis, il ne devait pas avoir d'amis, même les gens du village ne l'avaient jamais vu, pourtant ils l'injuriaient souvent en maudissant sa mère. Si elle l'apprend, sa mère, c'est sûr que ça lui fera de la peine. Quiconque ose s'en prendre à un petit poussin doit s'attendre à voir la mère poule lui fondre dessus à coups de bec. Ceux qui me traitent de demeurée, ma mère les poursuit à coups de balai.

Au bourg, il y a beaucoup de gens qui n'ont pas de travail et qui sniffent de l'héroïne. Lorsqu'ils n'ont plus d'argent, ils viennent se refaire au village. Quand ils tombent sur une femme qui porte des bijoux, ils la dépouillent en plein jour, et si elle fait mine de résister, ils sortent un couteau. La nuit, ils s'introduisent dans les maisons par le toit, en enlevant des tuiles ou en forçant la porte, et dérobent tout ce qui peut être monnayé, jusqu'aux provisions de viande et de poisson séchés. Dans les maisons, il y a des chiens attachés et un cadenas supplémentaire aux portes ; à l'intérieur, on laisse une veilleuse, et au moindre mouvement suspect, on crie « Qui va là ? » d'un ton où l'on sent peser la menace d'un couteau. Ces voleurs, on les appelle des « démons vénéneux ». Tête de Bois a fini par s'acoquiner avec eux et leur a fourni des informations détaillées sur chaque maison, chaque foyer. Il a gagné plein d'argent. Il s'est payé un iPhone et s'est mis à faire des jeux dessus, tout seul, en trépignant et en jurant. Il parle en hurlant au téléphone, les écouteurs aux oreilles, en arpentant le village d'un bout à l'autre.

« J'ai envie de me barrer d'ici, m'a-t-il confié, on dit du mal de moi parce que je te donne du poisson. Les gens sont jaloux. »

5

Quand on dort sous une passerelle, on peut voir la lune, toute pâle, avec un arbre dessus, qu'un homme tente d'abattre avec une hache. Quand il la retire, l'arbre a l'air de se refermer sur sa blessure, comme de l'eau. Je le vois bien, l'homme. Il continue de frapper l'arbre. Des souris et des cancrelats me grimpent sur les jambes. Mais il y aussi des clous qui ont poussé dans le ciment, sous la passerelle. Ils sont venus nous chasser de chez nous avec des bâtons et nous ont jetés aux ordures. Alors, je suis allée m'installer à la porte arrière du parc, là où, à côté des toilettes, il y a un endroit dégagé d'où l'on peut voir tout le parc. Il y a un vieil homme avec une épée qui se fend à droite, se fend à gauche, puis cale son épée sous un bras et, debout sur une jambe, étend lentement la paume de l'autre main vers l'extérieur.

A côté de mon lit douillet coule une rivière large, très large, dont l'eau brille au soleil. Avec un morceau de tuile, je fais des ricochets dans l'eau ; le bout de tuile rebondit à la surface en faisant tu tu tu tu, comme une souris qui détale avant de piquer une tête au milieu de la rivière. Mais la porte s'ouvre soudain : « 168, lève-toi et prépare-toi pour la visite médicale. »

C'est le président Niu, suivi d'une femme aussi replète que lui, le visage très blanc, les yeux soulignés d'un trait noir qui s'arque vers le haut au coin de l'œil, comme les chanteurs d'opéra à la campagne. Ses seins forment deux monticules, comme des tertres funéraires dont la terre semble s'être répandue jusque sous son menton. Le jour de la fête des morts, j'ai chipé une lanterne en papier sur une tombe pour la mettre sur celle de papa et maman. Ce jour-là, il pleuvait, bien plus que je ne pleurais. Maman disait que ce n'est pas en pleurant qu'on va résoudre un problème, mais quand papa est mort, je l'ai vue pleurer plus d'une fois, en cachette.

Le président Niu tend la main pour tapoter les tertres funéraires ; au contact de sa paume, la chair tendre émet un son clair, et les tertres se mettent à vibrer.

« Arrête, dit la femme en soulevant le coin de l'œil, elle nous regarde.

— Que peut-elle bien comprendre ? Elle n'a guère plus d'entendement qu'un chien. » Et le président Niu va tâter de la main le tumulus entre les jambes de la femme qui redresse la poitrine et l'écarte.

Ils éclatent de rire. La femme s'approche de moi, et le trait noir au coin de ses yeux monte en flèche : « Je sais que tu n'es pas muette, simplement tu n'as pas envie de parler, pas vrai ? »

Ses narines sont entourées de petits grains de beauté et ses lèvres sont d'un rouge écarlate comme si elle venait de manger des petits pains imbibés de sang humain[1] ; il s'en dégage une odeur de poisson. La même odeur que celle de Tête de Bois, que celle de l'eau du lac aussi. C'est l'odeur du village ; on y mange tous les jours du poisson, tous les jours on en vide, on en met à sécher, on jette les restes dans les égouts. On marche partout sur des arêtes qui vous piquent les pieds.

---

1. Cette précision macabre rappelle la célèbre nouvelle de Lu Xun « Le remède », où un couple achète un petit pain imbibé du sang d'un condamné à mort qui vient d'être exécuté car, selon une ancienne croyance, c'est un remède miracle pour guérir la tuberculose dont leur fils est atteint. *(Les notes sont de la traductrice.)*

« Je m'appelle Ding Dang, écoute bien, tu entends ? » me dit la femme en pliant l'index pour frapper sur l'armoire à la tête du lit – ding, dang.

Moi, j'ai entendu dong dong. C'est n'importe quoi, ce qu'elle dit.

6

« C'est le meilleur dossier médical de toute l'histoire de cet établissement, s'exclame le président Niu avec un sourire qui exhibe la totalité de ses gencives, 168, c'est la fortune assurée en cantonais[1]. Je sais ce que valent les femmes comme elle, sans domicile, asociales : elles mangent un jour, crèvent de faim le lendemain, mais ne sont jamais malades, jamais souffrantes ; cette fille est une vraie bufflonne, en pleine santé… Regarde ses bras, ses jambes, son pelvis… Elle a le blanc et le noir des yeux bien tranchés, des cheveux d'un noir de jais, de bons reins, un sang parfait et elle déborde d'énergie vitale. Elle peut faire huit ou dix grossesses sans problème. Ding Dang, quand tu t'occuperas d'elle, fais-moi un dossier… Ce n'est pas difficile, cherche un modèle parmi

1. Le nombre 168 – *yi liu ba* – est prononcé *yi lu ba/fa* en cantonais, ce qui est homonyme de « faire fortune en chemin ».

les fichiers des candidats, je veux un dossier complet : diplômes universitaires, état de santé, historique des maladies non héréditaires… Quant à ses problèmes de QI, il faut plutôt les considérer comme une chance pour nous. Ah ah ah ! Coûts zéro, bénéfice net assuré, superbe affaire. »

« Je n'aurais jamais pensé que vous la ramèneriez ici, dans cet établissement, si…

— J'ai examiné le cas pendant trois bons mois ; personne ne sait d'où elle vient, il semble juste qu'elle soit du Sud.

— Moi, j'ai tendance à penser que cette affaire est un peu…

— Ma petite Ding Dang, tu manques d'expérience », répond le président Niu en lui pinçant les fesses.

Puis il sort son téléphone : « Caporal, donnez des consignes au cuisinier, qu'il augmente la ration de 168, il faut bien la nourrir pendant quinze jours. »

Il tourne alors la tête vers moi et je vois ses yeux, comme deux pièces de monnaie, lancer soudain des rayons d'un éclat doré.

7

La montagne, au loin, ne semble pas plus grande que la maison, avec son toit de chaume d'où percent les rayons obliques du soleil. Les femmes sont debout, bien alignées, face au soleil. Petit Général hurle : « Gymnastique radiodiffusée du centre, allons-y… Un deux trois quatre, un deux trois quatre, un deux trois quatre… »

Les femmes lèvent les bras en pointant le ciel, frappent des pieds en contractant leurs muscles, tantôt chancelantes, se tenant le ventre à deux mains, tantôt en cercle, tordant le cou. Leurs visages sont balayés par la lumière vibrante du soleil.

« 168, pose-moi cet animal et suis le rythme. » Depuis que je l'ai mordu, Petit Général garde ses distances.

Blanc, vert, bleu, rouge. Les couleurs chatoient. Le soleil est éblouissant. Comme la lumière dans une salle d'opération.

« Wenshui, tu es brûlante, je vais te mettre de la glace, avec de la glace tu n'auras plus mal », m'a dit Tête de Bois. La pente au bord de la rivière est couverte d'herbe, l'eau scintille en réfléchissant la lumière.

« Allonge-toi et écarte les jambes.

— Attachez-la, il ne faut pas qu'elle bouge.

— Dis, elle ne serait pas vierge, par hasard ?

— Une idiote qui couche dans la rue, forcément, un jour, elle se fait dépuceler.

— L'an dernier, j'ai eu un cas d'appendicite aiguë qui était une malade mentale ; elle avait couché avec plein de gens, au petit hasard, et avait donné naissance à deux enfants, sans même savoir de qui ils étaient.

— Oui, docteur, mais je suis quand même préoccupé par les risques…

— Vous n'avez pas tort, Niu, mais il a tiré le bon numéro, ce couple… Qui sont ces gens ?

— Ni pauvres ni riches, ils ont eu un enfant qui est mort dans un accident de voiture, alors ils veulent en avoir un autre, mais la femme est trop âgée maintenant et elle a un problème cardiaque…

— A l'heure actuelle, on a bien plus de contrôles… Vous savez, cela relève de la pratique illégale de la médecine… Ma femme commence à ne plus être tout à fait d'accord…

— C'est en prenant des risques que l'on peut devenir riche et puissant, docteur. Pour chaque opération, je vous donnerai vingt pour cent de plus, ce n'est pas une offre à refuser, non ?

— Entre vieux amis, le plus important est le plaisir que l'on trouve à collaborer ensemble. »

« Viens. Touche. C'est chaud, ça brûle. » Le soleil se réfléchit dans l'eau, la rivière est toute dorée. Tête de Bois a baissé son pantalon et n'a pas la force de le remonter, il marmonne, le visage écarlate : « Ça me fait terriblement mal, ça brûle. » Moi, je regarde la rivière, tends le bras pour prendre de l'eau dans le creux de mes mains et en asperge l'endroit qui le brûle. Il crie comme si je l'avais ébouillanté. Allonge-toi et écarte les jambes. Les brins d'herbe me chatouillent le derrière. La senteur de l'herbe m'envahit les narines. Il y a un bataillon de fourmis en marche. Deux oiseaux passent derrière son dos ; l'un d'eux me fait un clin d'œil en repliant ses ailes et me dit cui cui.

8

Les femmes m'entourent, me palpent les cheveux, me caressent le ventre, on dirait des poules caquetant après avoir pondu.

« Elle ne comprend rien, ils l'ont déjà inséminée.

— La seule chose que l'on sait, c'est que c'est Boulette de Bœuf qui l'a ramenée ici… mais il ne l'emportera pas au paradis.

— Que veux-tu dire, exactement ?

— Ce que je veux dire c'est que, quand il sera jugé dans l'au-delà, c'est une faute qu'il aura à payer.

— On ne pourrait pas essayer de l'aider ?

— Elle ne serait pas forcément mieux dehors qu'ici.

— Je suis bien d'accord. Imagine si elle s'était fait engrosser dehors…

— Si Boulette de Bœuf l'a ramenée, c'est

pour gagner de l'argent sur son dos ; il aura à en payer la juste rétribution.

— Quelle rétribution ? Les fripouilles ont la vie belle.

— Pêche, écoute, si ton ventre gonfle, n'aie pas peur, ça ne durera pas longtemps, il va très vite désenfler. »

Petit Général quitte l'estrade. Grenade continue seule à faire la gymnastique radiodiffusée.

« Tu voudrais sans doute que Petit Général ne hurle que pour toi… Qu'il te fasse faire de l'exercice, hein ?

— Je trouve vraiment pénible de devoir réprimer ses désirs parce qu'on est enceinte.

— C'est Pomme la plus heureuse, dans deux ou trois mois elle va pouvoir rentrer chez elle, et là elle aura de l'exercice, son mari pourra la baiser autant qu'elle veut.

— Je veux juste voir mon fils.

— Poire des Neiges, Petit Général en pince pour toi, ah ce petit pansement doux que tu lui as donné…

— Il a des jambes si robustes qu'il pourrait courir un marathon sans être fatigué.

— N'importe quoi, tu l'as vu quand il est là, à diriger la gym en hurlant, de son air si las ?

— Qui a couché avec lui ?

— Pas une seule ici qui ne soit suspecte. »

9

Je regarde la femme dans le miroir : vêtue d'une robe verte, les cheveux dressés sur la tête, elle a le crâne comme un hérisson roulé en boule. Outre Ding Dang, le centre a envoyé une autre femme s'occuper de moi ; elle n'arrête pas de me répéter qu'il faut que je marche doucement, que j'évite de sauter, de grimper, de m'asseoir par terre, et que, quand je marche, il faut que je me protège le ventre en faisant attention à ne pas me cogner à un coin de table.

Maman aussi me suivait en criant : « Wenshui, ne va pas si vite, tu vas tomber ! » Je courais avec encore plus d'entrain. Avec des tuiles de céramique, je me faisais une marelle ; et quand Mascotte me poursuivait, je sautais sur une chaise. Lorsque maman me rattrapait, elle me prenait dans ses bras et me serrait très fort. Quand il n'y a personne, Ding Dang me flanque des raclées, elle me gifle en m'injuriant : « Espèce d'idiote, t'as tiré le gros lot, tu es une vraie princesse, ici, hein ? » Elle me dit que bientôt j'aurai la poitrine qui traînera jusqu'au sol, comme une chienne, mais que cela ne servira plus à rien.

La robe verte ressemble à celle d'un magicien ; elle est très ample, pourtant je me sens comme emmaillotée dedans, j'étouffe.

Je voudrais m'évader de mon corps.

Aller dans une autre chambre.

« Pêche, si l'insémination n'a pas réussi, tant mieux pour toi ! me dit Clémentine, la bouche en coin, en tapotant ma robe verte. Ce radin de Boulette de Bœuf se sert des couleurs des robes pour nous différencier : blanc pour celles qui ne sont pas encore enceintes, vert pour celles qui ont jusqu'à trois mois de grossesse, bleu pour celles qui sont entre quatre et six mois, rouge de sept mois à l'accouchement. De la sorte, il peut d'un seul coup d'œil faire précisément ses comptes et évaluer ses bénéfices. »

Je lui coupe la parole en croquant dans un noyau de prune qui s'ouvre avec un craquement sonore.

« Le centre va bientôt entrer dans une période de rendement, tu as dû l'entendre dire : dans un mois, le centre va sortir d'un coup six produits ;

en outre, parmi les productrices de couleur bleue, il y en a sept qui vont passer au rouge, et parmi celles en vert, si tout se passe bien, trois vont pouvoir se mettre en bleu. Dans cette période cruciale, la seule chose qui lui importe, ce sont les repas ; il va lui-même inspecter les plats… Et maintenant il rêve en faisant ses calculs. »

Clémentine n'a pas une ride, elle a la peau aussi lisse et éclatante qu'une tuile de céramique.

J'ouvre la bouche et tire la langue, prise de nausée.

Comme je ne mange pas, elles m'attachent et essaient de me forcer à avaler, et comme je résiste, elles me frappent et me piquent les doigts avec la pointe d'une aiguille. Alors il suffit que Ding Dang lève son aiguille pour que j'ingurgite d'un coup la totalité de ce qui est dans mon bol.

10

La maison dort, portes fermées, comme on dort les yeux clos. Une veilleuse éclaire à peine l'obscurité, nimbant d'une faible lueur les numéros sur les portes. J'avance dans le couloir sans faire de bruit, mais j'ai un chat dans la gorge qui ronfle légèrement. Une ombre noire me suit, s'arrête, repart, et quand je me retourne pour l'attraper, elle a disparu. Je continue tout doucement et la sème en montant l'escalier, mais quand j'arrive dans le couloir, je m'aperçois qu'elle est à nouveau là, collée sur le mur, comme un mouchoir en papier, alors je me retourne, et elle disparaît de nouveau. Je me cale contre le mur, en m'accroupissant ; c'est la meilleure position pour apercevoir les fantômes, d'où qu'ils viennent.

Le couloir sombre mène à un endroit encore plus obscur. Maman allume une bougie : « Wenshui, tu veux aller aux cabinets ? » Ils sont dehors, les cabinets, derrière la maison ; dans la forêt de bambous il fait noir comme dans un four, il y a des tombes au milieu, et dans les tombes des trous noirs. « Wenshui, n'aie pas peur. Maman va avec toi. » Maman ouvre la porte des cabinets ; elle grince, et de l'obscurité sort un homme très grand, dont le cou est enlacé par deux bras ; il recule vite vers la porte, se retourne et prend dans ses bras celle qui est dans l'obscurité derrière lui.

« Chut, il fait déjà jour mais personne ne te verra.

— Cette lettre est urgente, rappelle-toi, il faut absolument qu'elle parte aujourd'hui. »

Ce sont les voix de Petit Général et de Poire des Neiges.

« Dors », dit maman en m'embrassant, puis elle éteint la bougie.

11

« Qui était de garde de nuit aujourd'hui ? Comment a-t-il pu ne pas remarquer qu'il y avait quelqu'un qui dormait dans le couloir ? Il fait glacial par terre, elle aurait pu attraper froid, alors que se serait-il passé ? Et si elle avait fait une fausse couche ? Dans mon établissement, il ne peut en aucun cas arriver quelque chose d'aussi grave, tempête le président Niu furibond, les poings sur les hanches, et de fait, cela n'est encore jamais arrivé depuis sa création, il n'y a même jamais eu d'incident mineur. »

Le président continue de vitupérer en se tournant vers les femmes :

« Je vous protège, je prends grand soin de vous comme je ferais de parents proches, et pourtant vous n'êtes pas contentes, vous me dénigrez dans mon dos, vous êtes prêtes à vous révolter. Je vous demande de vous mettre un peu à ma place, de penser à mes problèmes : gérer un établissement de cette taille, et le gérer au mieux, vous croyez que c'est facile pour l'idiot que je suis ?

— Président, on dit "idiot que tu es"… Vous ne pouvez pas dire "l'idiot que je suis"…

— Et pourquoi pas ? Je suis assez idiot pour dire ce que je pense. »

Le président suffoque, il a un nœud dans la gorge qui le gêne pour avaler. Il reprend :

« Dans un pays il y a des lois, dans une famille il y a des règles, dans une organisation il y a une discipline. Sans compas, on ne peut pas dessiner de cercle. Si l'on se réglait sur votre bon plaisir, cet établissement n'en aurait pas pour longtemps avant de s'effondrer, et s'il s'effondrait, quel avantage en tireriez-vous ? Où iriez-vous trouver un moyen aussi facile de gagner de l'argent ? Mais vous avez de la chance, loin de s'effondrer, le centre se développe et prospère. Qu'est-ce que cela prouve ? Même un débile mental comprendrait cela : cela prouve que mon système est cohérent, qu'il est efficace, et donc qu'il est durable. Ce que je veux, c'est que vous observiez le règlement ; moi aussi je respecte les termes de nos contrats.

Est-ce qu'il m'est arrivé de différer un paiement ? Non. Est-ce que je vous ai menti ? Non. Y a-t-il quelqu'un qui vous soutienne mieux que moi, qui se préoccupe plus que moi de votre bien-être ? Non, personne. Je veille à votre confort matériel, mais aussi à votre vie intellectuelle : chaque semaine, vous avez deux séances de cinéma, avec un film d'auteur, un film d'amour ou un film d'animation, en fonction de vos envies, l'objectif étant que vous soyez contentes. Vous pouvez aussi faire des puzzles, de la broderie, de la musique, du dessin, chacune selon son goût, mais vous, tout ce que vous voulez, c'est passer vos journées à écrire des lettres et téléphoner. Ce n'est pas possible, c'est bien évident. Tant que vous êtes ici, vous devez avoir l'esprit ici, pas ailleurs, ce n'est qu'ainsi que vous aurez l'esprit en paix ; c'est uniquement en se concentrant corps et âme sur ce qu'on fait que l'on peut être heureux, et c'est uniquement si vous êtes heureuses que vous pourrez nous donner des produits en bonne santé. Je ne cherche pas de faux-fuyants, j'ai mes responsabilités à l'égard des clients et vous, vous avez les vôtres à l'égard de la vie, n'est-ce pas ? Cette vie en vous, il faut que vous soyez pleines d'attentions pour elle, c'est une question de morale. »

Les yeux exorbités, Clémentine déglutit avant de rétorquer :

« Président Niu, ce que vous dites est contradictoire : vous déclarez que nous devons refuser tout sentimentalisme, parce que, après la naissance de l'enfant, nous ne serons pas autorisées à lui jeter même un coup d'œil; vous dites que nous sommes des chambres d'accueil, et qu'il faut donc qu'elles soient agréables. Soit, mais vous dites aussi qu'il faut que nous soyons pleines d'attentions, comment faire? Si nous faisons preuve de trop d'attentions, cela va devenir dc l'amour, alors vous allez prendre votre mètre étalon et mesurer nos sentiments?

— Tu es vraiment chicanière, mais tu gagnes quoi, à pinailler comme ça? Si on te confie un chien de traîneau pour que tu l'élèves, tu n'as pas besoin de l'aimer; en revanche, il faut que tu t'en occupes bien, d'accord? S'il tombe gravement malade, l'affaire est fichue, non? » dit le président.

Clémentine se dresse, droite comme un I, en levant le bras:

« La maternité est du ressort de la nature, il faut respecter la nature, mais ce n'est pas aussi simple que ça, prenons un exemple: le désir est quelque chose de naturel, mais on est bien obligé de le réprimer, et c'est difficile à supporter. Est-ce que vous comprenez cela, président?

— Qu'est-ce que vous racontez? Aujourd'hui, je vous parle de règles, et vous, vous vous mettez à me critiquer et à vouloir me faire la leçon? s'insurge le président. Ce n'est pas une prison ici, celles qui ne sont pas contentes peuvent partir, et tout de suite. Caporal, ouvrez la porte. » Sur quoi il ne dit plus rien.

Personne ne bronche ; assises à leur place, les femmes gardent les yeux fixés sur le bol de gruau, le petit pain, le verre de lait, l'œuf, la carotte placés devant elles.

« Je ne sais vraiment pas où vous voulez en venir, ni ce que vous cherchez. Tout ce que je veux vous dire, c'est d'en rester aux choses simples : quand une poule a pondu un œuf, elle s'en va, que l'œuf soit gros ou petit, la coquille blanche ou jaune, conclut le président en agitant la main. Caporal, vous ajouterez un nouveau point au règlement, notez : dans le centre, il est interdit de parler de sentiments et d'amour maternel ; en cas d'infraction, amende de cinq cents yuans. »

Les femmes lèvent la tête, les yeux exorbités comme des ampoules électriques aussi grosses que des bols, toutes braquées sur le président dont elles illuminent la peau blanche, les poils drus comme une forêt et les petits trous dans le visage qui semblent autant de pièges.

J'ai envie de vomir, j'ouvre la bouche, mais aïe… de mon gosier sort une bulle mutique qui répand le silence autour d'elle.

12

A la télévision, un homme chauve est debout devant une table, un pinceau à la main ; il parle d'un ton courtois, en clignant des yeux. Il dit quelques mots et du bout du pinceau griffonne quelque chose sur la feuille posée devant lui ; il dit quelques mots et trace un autre coup de pinceau sur la feuille, dit quelques mots encore et ajoute quelques points sur le papier, encore quelques mots, et voilà qu'apparaît un homme sur la feuille, un homme dont la barbe est plus longue que les cheveux. Les femmes poussent des ah et des oh. Cet homme est là tous les jours, debout devant cette table, vêtu de la même manière, et dessinant tout en parlant. Parfois il dessine un arbre, parfois une montagne. Tandis qu'il peint, une serviette hygiénique bondit sur l'écran et se met à danser, puis se transforme en une petite fille vêtue d'une jupe blanche qui se met à danser à son tour ; soudain elle laisse là ses jambes et s'envole vers le ciel. Elle vole jusque sur son lit et batifole en riant aux éclats. Puis elle redevient une serviette hygiénique et continue à danser. Quelqu'un verse un verre d'eau dessus, elle ouvre la bouche et avale toute l'eau.

A ce moment-là, Petit Général éteint la télévision. Les femmes sont toutes très occupées. Elles déroulent des feuilles de papier blanc, versent de l'encre et saisissent de longs pinceaux comme si elles empoignaient une dague. Certaines sont debout, d'autres assises ; elles remontent leurs manches et brandissent leur pinceau en agitant les mains comme si elles étaient dans une arrière-cuisine en train de préparer quelque festin, hachant la viande, coupant les légumes, lavant les bols. L'odeur de l'encre se répand dans la pièce, un peu comme une odeur désagréable de caniveau. Le papier se couvre très vite de dessins : ici c'est un œuf, là une fleur à peine éclose, là encore une paire de seins ; une autre femme, qui grave un sceau d'une main tremblante, s'applique à tracer un trait vertical.

Petit Général vient juste de prendre un bain : il dégage une odeur de savon. L'air sévère, il fait le tour des tables, d'un pas lent et mesuré, en regardant de côté et d'autre, sans se presser, et va finalement se planter derrière Grenade, en se collant contre son derrière bien en chair qui en est écrasé ; on dirait un gros aimant qui a attiré le corps de Petit Général. Il s'arrête là un instant, éloignant lentement la main de ce postérieur charnu pour arranger son costume.

Je regarde les taches bigarrées sur le mur en écoutant les bruits dans mon ventre. J'entends les griffes d'un oiseau qui se pose sur les tuiles. J'entends maman qui me crie : « Wenshui, rentre manger ! Wenshui, viens servir du thé à grand-mère ! » Mais je continue à regarder les taches bigarrées sur le mur. Ce sont peut-être des crottes de mouches. Le vent façonne un nuage, qui se transforme en chien. Il en pétrit un autre dont il fait un buffle. Mais le vent ne me touche pas, moi, je reste la même. Les vêtements de maman sont en coton très doux. Les rideaux des fenêtres aussi sont en coton, alors j'en ai coupé un morceau et l'ai mis sur moi. Je palpe les motifs du tissu du bout des doigts et en ressens un grand bien-être intérieur.

« Pêche, qu'est-ce que tu regardes sur le mur ? Viens faire de la peinture, toi aussi. »

Poire des Neiges pâlit et me fixe d'un œil torve, comme si elle cherchait dans mes yeux le secret d'hier soir, son secret que j'ai découvert et qu'elle voudrait récupérer. « Ce bout de chiffon, que peux-tu bien lui trouver d'amusant ? Jette-le, je vais t'offrir une poupée Barbie. »

Poire des Neiges a sur elle l'odeur de Petit Général. Elle essaie de m'arracher le bout de tissu de coton, sans lâcher prise.

Clémentine intervient : « Poire des Neiges, tu en as du toupet d'embêter Pêche, laisse-la tranquille !

— Quoi ? Moi, l'embêter ? Je suis très gentille avec elle, mais cette idiote ne m'en est pas reconnaissante.

— Quelle idiote ? coupe Grenade, il ne faudrait pas te croire tellement plus intelligente qu'elle.

— Ah là là, elle et toi, vous êtes aussi futées l'une que l'autre.

— Vous êtes encore en train de vous chamailler, vous avez vraiment de l'énergie à perdre, dit Pomme qui dessine une maison à la porte de laquelle il y a un petit garçon jouant avec une toupie et un chien noir exubérant. Il nous est interdit de parler d'amour maternel, mais j'aimerais quand même en dire un mot, en secret, et si l'une d'entre vous veut me dénoncer pour obtenir une récompense, libre à elle. L'amour maternel ne concerne pas seulement ses propres enfants, il doit englober la totalité des êtres vivants, y compris l'idiote dont vous parlez, les handicapés et les animaux… C'est cet amour qui rend tolérant.

— Tu veux peut-être qu'on s'entraîne pour devenir des madones ? demande Poire des Neiges.

— C'est la vision que je me suis faite du monde après avoir eu un enfant, et maintenant qu'il n'est plus là, je le pense encore plus.

— Tu devrais raconter l'histoire de ton fils aux nouvelles qui viennent d'arriver, l'histoire de son accident.

— Je n'ai aucune envie de faire comme la veuve Xianglin[1], réplique Pomme. Globalement, je suis assez contente de mon sort. »

Je tâte le tissu de coton en observant les taches bigarrées sur le mur. Les femmes discutent. Soupirent. Maman est appuyée contre le jujubier dont les fleurs tombent en virevoltant, emportées par le vent, et atterrissent sur la tête de maman et sur celles des femmes. On dirait qu'elles portent des corolles. Et je sens le parfum des fleurs.

---

1. Personnage tragique et emblématique de l'une des plus célèbres nouvelles de Lu Xun, « Le sacrifice du Nouvel An ». Seule joie dans son existence, son fils est tué par un loup ; elle ne se remet pas de ce nouveau malheur et raconte l'histoire à tous les gens qu'elle rencontre.

13

Je me demande combien il y a de pièces dans cette maison, je n'arrive pas à en faire le compte exact ; chaque fois que j'arrive à 9, je reviens automatiquement à 1, il faut que j'aille plus lentement, que je m'arrête à chaque chiffre et que je mette le pied dessus pour l'empêcher de s'échapper. Maman n'a pas besoin de faire autant d'efforts, si un chiffre a filé, elle le rattrape en le prenant entre le pouce et l'index, car elle transforme les chiffres en graines de soja. Ils obéissent à maman, les chiffres, ils restent sagement tous ensemble dans leur cage, comme une troupe de poussins ébouriffés. Mais maman peut aussi les changer en traces de pas, des traces laissées dans la boue après la pluie. J'ai essayé, moi aussi, de tracer des empreintes de chiffres dans le couloir, mais dès que j'arrive à 9, je le perds et reviens automatiquement à 1. Ça ne fait rien, je monte à l'étage pour l'attraper, 9, 9, 9… La porte du bureau du président Niu est ouverte, on entend une voix de femme venant d'une enceinte audio.

« C'est à ton tour, Grenade, la première fois que tu as fait l'amour, c'était quand ? Avec qui ? Où ?

— Il faut absolument que je dise la vérité ?

— Bien sûr. C'est le jeu de la vérité.

— Bon. Alors, j'avais quatorze ans, j'étais en cinquième. Et c'était avec un camarade de classe, chez lui.

— Donne-moi des détails.

— A quoi bon ? A l'époque, je ne comprenais rien à rien, j'étais vraiment stupide.

— Comment ça, stupide ?

— … »

Le président Niu écoute, la joue appuyée sur une main ; les petits trous dont son visage est couvert sont tout rouges. Quand il me voit entrer, il éteint l'enceinte audio et se redresse, comme prêt à se battre, les mains posées des deux côtés de sa chaise.

« Ah, c'est toi… 168, tu es en pleine forme. Tu vas bientôt avoir un nouveau panier-repas. »

La main droite, oubliant sa colère, va se placer sur la main gauche et la caresse ; la main gauche lui pardonne et se retourne pour saisir la main droite, alors les deux mains réunies se mettent à se frotter et se tapoter. Bouche contre bouche, Poire des Neiges et Petit Général font des petits bruits de succion. Poire des Neiges a un bras enlacé comme une vrille autour de son cou, une jambe enroulée autour de sa taille, et Petit Général remue le derrière comme s'il voulait se libérer de toutes ces choses entortillées autour de lui, mais au bout d'un certain temps, elles finissent par le quitter d'elles-mêmes.

« Je sais que tu aimes la soupe aux œufs et à la tomate, les côtelettes de porc à la vapeur avec de la farine de riz, le porc sauté au piment. Tu vas voir, tu auras de quoi manger tout ton soûl » et, montrant l'enceinte audio : « Toutes ces femmes, tout le temps en train de se plaindre, elles ne se rendent pas compte de leur bonheur. Elles ne songent pas à avoir une attitude correcte pendant les dix mois qu'elles passent ici. On ne fait pas un œuf en un jour ; moi je me fais du souci, je me donne du mal. Il est arrivé que, l'oiseau envolé, les œufs soient cassés, mais c'est du passé. N'empêche que s'il y avait un contrôle, ce serait une catastrophe. J'ai cette épée de Damoclès au-dessus de la tête qui me menace en permanence. Quelle bande d'ingrates, à cent pour cent ! »

Cent pour cent, dix sur dix… dix… ça y est, j'ai réussi à compter jusqu'à dix !

« Au rapport, mon président », annonce Caporal à la porte.

Le président Niu débouche sa bouteille thermos car ce flot de paroles lui a donné soif.

« Ferme la porte », dit-il.

Caporal veut me faire sortir.

« Parle, elle ne gêne pas.

— Au début, Petit Général ne fumait que des cigarettes bas de gamme de la marque Zhong Nan Hai, mais récemment il s'est mis à en fumer des bien plus chères, celles en paquets souples de la marque Chunghua… Je le soupçonne de les aider à expédier leurs lettres, et de prélever sa dîme au passage.

— Tu soupçonnes, tu soupçonnes, et alors ? Je te l'ai déjà dit, je veux des preuves. Tout ce qu'on fait ici doit être conforme au règlement. Si tu n'as pas de preuves, que veux-tu que je fasse ? »

Le président Niu tend les bras, et sa mine se fait aussitôt chaleureuse, comme si cette soudaine chaleur était causée par l'accueil offert par ses deux bras blancs :

« Regardez ces deux bras, ils ont fait toutes sortes de boulots : porteur, maçon, cuisinier, collecteur de dettes, couteau en main, en liquidant les gens au besoin, j'ai tout fait, et jusqu'ici je m'en suis toujours sorti sain et sauf. J'ai bien quelques blessures cachées. Regardez cette cicatrice, elle date de quinze ans, et cette blessure-là de trente ; je me suis cassé un doigt, qui s'est remis, mais vous voyez, il est resté un peu tordu. Tout ça n'a aucune importance. Ce que je veux dire, c'est que, comparé à tant d'autres choses en ce monde, donner naissance est ce qui donne le moins de mal. Prenez un fruit, par exemple, quand il est mûr, il tombe ; avez-vous déjà entendu l'arbre hurler de douleur ? Avez-vous déjà vu un arbre refuser de porter des fruits ? Jamais, n'est-ce pas ?

168, tu as de la chance de m'avoir rencontré, tu as vraiment une veine incroyable. De nos jours, la vie est tellement chère, élever un enfant est devenu une si lourde charge, qui voudrait te prendre chez lui ? Tu dormais près des toilettes du parc, te nourrissais d'ordures, et peut-être même t'es-tu fait violer par tous ces vauriens… Ah, c'est vraiment inimaginable. Bien sûr, tu dois remercier tes parents, ils ont toujours fait ce qu'ils pouvaient pour que tu sois jolie, que tu grandisses en bonne santé, comme une jeune bufflonne. Tes parents ont du mérite.

— Tout à fait. Sans l'immense générosité du président Niu, cette demeurée en serait encore à s'épouiller dans la rue ! » s'exclame Caporal.

Le président esquisse un sourire et pose ses deux mains très blanches sur son ventre dont elles se mettent à suivre les mouvements.

1, 2, 3… 9, 9… 10. Dix petits cochons blancs dorment sur son ventre.

14

Pomme est toujours en train de tricoter et, en guise d'aiguilles, se sert de fines baguettes de bambou qui ne sont jamais en repos, une maille par-ci, une maille par-là. Elle s'arrête de temps en temps pour fouiner dans le fatras éparpillé sur son lit ; elle farfouille là-dedans comme une aveugle, et y enfouit même parfois la tête, les épaules secouées de brefs tremblements tandis qu'elle essuie ses larmes. Parfois, elle pose ses baguettes pour embobiner une pelote, et la laine se met à filer comme une souris qui détale tandis que la pelote grossit dans sa main.

« Le premier jour après sa naissance, il n'avait pas encore ouvert les yeux qu'il s'agrippait déjà à mon doigt. A deux ou trois ans, il voulait aider sa maman et disait : maman est la meilleure maman du monde. »

La pelote tombe par terre et roule jusqu'à la porte ; Mascotte la rapporte dans sa gueule en la mordillant et la mâchonnant.

« Cette nuit-là, si je n'avais pas eu à faire des heures supplémentaires, je serais partie avec eux… »

En parlant, Pomme s'approche de la fenêtre pour regarder à travers le grillage anti-effraction, mais tout ce qu'elle voit, c'est un mur gris.

Le temps s'écoule goutte à goutte. La pluie, aussi, tombe goutte à goutte. Quand j'étends les mains, elle me frappe les paumes. Ma maman est la meilleure maman du monde. Elle porte des paniers à la palanche ; elle met dans l'un des melons et des fruits, et me pose dans l'autre. Dans un panier elle porte de l'engrais, et moi dans l'autre. Dans un panier, du riz, et moi dans l'autre.

Sur la terrasse, en haut, il y a des fleurs et des arbres. Je caresse les feuilles, hume les corolles des fleurs et les entends bourdonner et murmurer à mes oreilles. Des insectes en habits de fleurs fourmillent tout autour, sortent soudain leurs ailes de leur carapace, déploient leurs armes et s'envolent, lovés dans une bourrasque de vent. Les feuilles des arbres rient aux éclats. Champs. Forêts. Ache au bord des fossés. Insectes. Petits oiseaux. Et, au-dessus de ma tête, le ciel blanc à perte de vue. La cigale chante dans l'arbre : viens, essaie de m'attraper. Dans le champ de colza en fleur, l'abeille bourdonne : viens, essaie de m'attraper. Et le capricorne lui aussi fait tout un raffut : viens, essaie de m'attraper.

Une fourmi grimpe à un arbre, fait le tour du tronc, va jusqu'au bout d'une feuille, et de là contemple le lointain, l'air mécontent, comme prête à sauter. Mais, après un instant de réflexion, elle tourne lentement la tête, revient à son parcours initial et redescend le long du tronc, pour finalement s'enfoncer dans la boue, par terre. Je ferme les yeux et me mets à pêcher. A l'ombre des saules, l'eau de la rivière ondoie de mille rides. Des éphémères se posent à la surface puis s'envolent, tantôt se heurtant à leur ombre, tantôt s'élançant vers le ciel. La lumière du soleil tombe en biais ; mon ombre ainsi projetée sur l'eau, parfaitement immobile, va couvrir la balise de pêche. J'attends que des poissons viennent manger mon ombre. Dans le ciel apparaît une longue traînée de brume blanche. C'est un avion. Tête de Bois m'a demandé : « Tu n'as pas envie d'aller voir les avions ? » L'herbe frémit en chuchotant. J'attends que les poissons viennent manger mon ombre.

Je distingue des femmes à travers le voile de tulle des feuilles. Elles sont grosses et ont le visage enflé. En les éclairant, le soleil souligne le duvet velouté de leur corps. Elles sont réunies, en cercle, comme un groupe de pingouins. Le vent souffle et colle leur robe à leur peau en faisant ressortir les formes de leur corps. Leurs postérieurs et leurs ventres sont comme de larges parenthèses. Les pieds fermement plantés dans le sol, tête baissée, elles gardent le plus profond silence, comme si elles pleuraient les fourmis mortes sur la terre. Mascotte pourchasse une mouche en aboyant. La mouche décrit quelques gros caractères dans l'espace, avant de se poser sur la robe de Clémentine.

Je me glisse au milieu d'elles et couvre de feuilles les yeux de Clémentine. Ses cils balaient les feuilles, qui bruissent à leur contact.

« Pêche, me dit-elle, on va faire un jeu ; demain matin, quand tu entendras la sonnerie du déjeuner, il ne faudra pas aller dans la salle à manger, il faudra que tu restes dans ta chambre. »

Elle exhale un parfum de fleur, Clémentine.

15

Allongée sur mon lit, je joue à ce jeu. La sonnerie du petit-déjeuner n'arrête pas de retentir. J'ai le ventre qui gargouille et fait des bulles, des bulles qui montent jusque dans mes oreilles et qui, arrivées là, pan, éclatent. La sonnerie vibre dans ma tête. Alors, au bout d'un moment, je finis par sortir de ma chambre. Petit Général et Caporal sont justement en train de frapper aux portes. « C'est l'heure du petit-déjeuner, allez tout de suite dans la salle à manger. » Pang pang pang pang ! « Allez tout de suite dans la salle à manger, le président Niu vous attend. » Quand Caporal arrête de frapper, Petit Général prend la relève. Et frappe que je te frappe. Le couloir résonne de leurs pang pang pang pang.

Mascotte pleurniche, je sens qu'il va se mettre à aboyer après Petit Général, alors je le prends dans mes bras.

Les mains dans le dos, le président Niu arpente la salle à manger. Son visage est tout rond, comme s'il retenait son souffle et était prêt à exploser ; on dirait que ses yeux vont soudain sortir des deux boules de chair où ils sont enchâssés. Les cheveux hérissés, le crâne comme couvert d'arêtes de poisson, il me fixe comme s'il ne me connaissait pas et continue à tourner en rond. Le costume occidental qu'il porte est trop serré et comprime sa graisse qui ressort en boule dans son dos – il a encore pas mal grossi.

« Mais qu'est-ce qu'elles fabriquent ? A cause d'elles on ne peut pas commencer à manger, chuchote Ananas à l'oreille d'une autre femme qui lui répond de même.

— Hier soir, elles sont venues dans ma chambre pour me dire de faire la grève de la faim, juste pour semer le trouble. Mais qu'y a-t-il de mal à manger et dormir à heures fixes ? Qu'y a-t-il de mal à avoir des plats qui respectent la diététique ? Qui a envie de flanquer la pagaille ici ?

— C'est vrai, nous avons mis notre corps en location, c'est normal de respecter sérieusement les termes du contrat.

— Attendons de voir comment tourne le jeu, et jusqu'où les sauterelles vont pouvoir sauter. »

Elles attendent donc de voir ce que va donner le jeu. Un jeu dans lequel il y a des sauterelles. Des sauterelles au corps vert et aux yeux jaunes, qui sautent et disparaissent. Mais peut-être y a-t-il aussi des cigales, des capricornes, des abeilles, des chauves-souris, des papillons…

Clémentine et sa bande font leur entrée. Silencieuses comme un banc de poissons dans l'eau.

« Que se passe-t-il ? demande le président Niu en contenant sa fureur, la sonnerie ne marche pas, ou vous êtes devenues sourdes ?

— Au rapport, mon président. La sonnerie marche très bien et nous ne sommes pas sourdes, répond Grenade, mais vous devez savoir que les femmes enceintes sont toujours en déficit de sommeil.

— Comment ça, en déficit ? Mais je ne vous dois rien, mes comptes sont parfaitement équilibrés, tempête le président Niu.

— Mais non, ce qu'elle veut dire, c'est que les femmes enceintes ont surtout besoin de dormir, ce n'est pas comme la jeune Ding Dang qui se fait gaver sans arrêt », lance Clémentine.

Le président Niu en reste ébahi. Son visage se colore de teintes vives où alternent le rouge et le blanc. Les mêmes couleurs que quand il l'enfouit dans les deux monticules funéraires de Ding Dang. Sur le sofa, le petit cochon bien gras fouaille en grognant les mamelles de la truie ; il en tête une, puis l'autre, et se met à crier. Ce n'est pas vrai, ce que vient de dire Clémentine, en réalité, c'est Ding Dang qui gave le président Niu. Quand il a bien pris le sein, il défait sa ceinture et, comme Tête de Bois, va fourrer ses parties brûlantes dans le corps de Ding Dang pour les faire refroidir, puis les laisse longtemps là, au frais. Ding Dang a les cuisses très blanches, flasques comme si elle se les était cassées.

« Il y a plusieurs dizaines de personnes, dans cet établissement, qui chaque jour m'attendent pour manger et pour être payées. Je me sens responsable vis-à-vis de vous. Vous comprenez cela, le sens des responsabilités ? C'est ce qui vous manque », déclare le président Niu qui a retrouvé toute sa dignité. Il lève la main pour regarder l'heure et reste un instant à contempler sa montre qui étincelle dans la lumière dorée, et d'où il semble trouver l'inspiration de sa conclusion : « On est déjà en retard de trente minutes sur l'heure du petit déjeuner, ça suffit, cette pagaille. Asseyez-vous et commencez à manger. »

« Cette affaire, aujourd'hui… comment la régler ? demande Caporal.

— Conformément au règlement, en appliquant pour chaque cas les amendes correspondantes, répond le président en faisant glisser la paume de sa main de son front à sa nuque.

— Il y a six personnes en contravention... »

Le président Niu fixe Caporal avec insistance : « Comment se fait-il qu'il y ait autant de femmes à ne pas être pénalisées ? Sont-elles si nombreuses à pouvoir prouver leur bonne foi ? Si vous n'imposez pas des amendes aujourd'hui, il y en aura encore plus demain qui ne seront pas à l'heure aux repas, qui ne respecteront pas l'heure du coucher, et ce sera l'anarchie.

— Si vous nous mettez à l'amende aujourd'hui, vous risquez de vous retrouver demain avec encore plus de femmes qui ne descendront pas manger. Et là, ce sera vraiment l'anarchie, remarque Clémentine.

— Je crève de faim, moi. Je veux manger à l'heure, rétorque Ananas en tapant sur la table avec ses baguettes.

— Quand on emmène le cochon à l'abattoir, il se met à crier ; mais il y a des gens coopératifs qui tendent le cou à la lame du bourreau, ce qui lui évite de se donner trop de mal, dit Grenade.

— Hé, tu te prends pour qui, à donner des leçons aux autres comme ça, on n'est pas toutes dans le même bain ici ? Après tout, tu n'es pas forcée de prendre en pension un chien de traîneau ! lance Ananas en roulant des yeux furibonds.

— Bien sûr, si on avait le choix, qui aurait envie de faire ça ?

— Poire des Neiges, tu te trompes, moi j'en ai envie, réplique Pomme en se massant le ventre. Pour moi, c'est un plaisir, ce moment où je sens qu'une vie dépend de moi, et que moi… oui, moi aussi j'en dépends, même si c'est l'enfant de quelqu'un d'autre… Tu ne comprends peut-être pas ce que je veux dire, mais je ressens un vrai bonheur. Pour moi… il n'y a rien de plus beau qu'une femme enceinte, porteuse d'une vie. »

Les femmes baissent la tête, comme à la recherche de ce bonheur dont parle Pomme.

« Bien dit, voilà une attitude méritoire ! dit le président Niu qui semble avoir enfin trouvé la clé pour débloquer la situation. Qu'une famille brûle de l'encens, cela suffit pour répondre aux attentes des parents, mais ce n'est pas une attitude méritoire ! En revanche, si, conformément au règlement, vous donnez le jour à un produit de qualité, là vous avez une attitude méritoire. En termes modestes, c'est agir pour la famille, mais, au-delà, c'est aussi agir pour le pays. »

Personne ne le contredit.

« La liberté, ça se discute. La porte est grande ouverte, celle qui le souhaite peut partir à tout moment, ajoute le président Niu avec enthousiasme. Ici, dans mon établissement, il suffit de respecter les règles et on est libre à cent pour cent. » Ses bourrelets de graisse sur les épaules font deux bonds. « D'ailleurs, à ce propos, vous toutes, ici, avez une idée trop étroite de la liberté, une conception trop superficielle. »

J'ouvre la bouche, un peu de salive coule aux commissures de mes lèvres, en un filet visqueux mais étincelant.

16

Vous croyez vraiment que je me préoccupe tellement des droits qu'on a ici ? Mais non... C'est juste que je m'ennuie. C'est trop dur, j'ai du mal à supporter. Je suis un zombie, de toute façon, alors moi, la liberté, les droits, ça me fait rire... J'ai besoin de penser à autre chose, et, là, j'ai trouvé. Je suis commandant en chef, avec pour mission d'aider les femmes à conquérir leur liberté et leurs droits, génial, non ? Extérieurement, je suis donc un leader féminin, avec une clique de disciples, de groupies... Mais il ne faut pas se fier aux apparences ; c'est seulement dans ce qu'on ne peut pas percevoir que se trouve la vérité... et moi, ce que je fais, c'est juste parce que je m'ennuie, je m'ennuie trop. Je ne peux pas m'empêcher de continuer à jouer ce jeu-là. C'est très amusant d'affronter Boulette de Bœuf. Il fait du centre un vrai quartier général et va jusqu'à s'en proclamer président-directeur général, on dit président pour simplifier ; c'est certainement la concrétisation de son rêve d'empire... Toutes les femmes lui apportent leur utérus en lui demandant asile...

Clémentine écrit à toute vitesse dans son journal, mais pas assez vite pour arriver à suivre le fil de ses pensées ; alors elle pince les lèvres, de temps en temps, et laisse son stylo continuer seul à courir sur la page dans un léger froissement de papier :

... Je l'aime, je ne pourrai jamais aimer autant quelqu'un d'autre... mais je suis prête à tout pour sauver la vie de maman...

La sonnerie du déjeuner a déjà retenti trois fois ; Clémentine referme son carnet.

« Pêche, allons manger. J'aime bien voir la tête furibarde de Boulette de Bœuf. Tu sais, en fait, c'est un minable, un mauvais acteur. »

Il y a une atmosphère de fête dans la salle à manger. On y a installé une scène provisoire et suspendu des bannières rouges avec des slogans. Il y a partout des ballons dont on voit danser les rubans de couleur et des paniers de fleurs disposés en cercle.

« On attend depuis plus de dix minutes, pourquoi ne commence-t-on pas à manger ? vocifère Ananas.

— Il manque encore quelqu'un pour qu'on puisse commencer, dit Caporal en regardant alternativement sa montre et la table où reste une place vide.

— L'amende n'est pas suffisante, il faut l'augmenter, faire payer un max pour que tout le monde arrive à l'heure à cette table, merde ! » fulmine Ananas en frappant du poing sur sa table.

Grenade s'approche d'elle :

« Tu peux répéter ce que tu viens de dire ?

— T'es sourde ? » réplique Ananas, l'œil mauvais.

Grenade lève la main et lui envoie une gifle. Ananas en reste stupéfaite, mais reprend très vite ses esprits. Elle se lève en redressant le ventre comme si elle tenait une arme redoutable et voulait en découdre avec son adversaire jusqu'à ce que mort s'ensuive. Elle attrape les longs cheveux de Grenade et lui tire la tête en arrière ; le visage tourné vers le plafond, Grenade se débat comme quelqu'un tombé à l'eau qui, ne sachant pas nager, est sur le point de se noyer. Mais elle tend un bras derrière elle et attrape à son tour les cheveux d'Ananas ; les deux crânes se heurtent, mains et chevelures mêlées.

« Arrêtez de vous battre ! » lance Pomme en essayant de les séparer.

Ananas pousse un hurlement et toutes trois tombent à terre, comme des pingouins qui auraient baissé leurs ailes. Deux d'entre elles se relèvent lentement, s'arrangent un peu les cheveux, brossent la poussière sur elles et reprennent leur souffle. Seule Pomme reste allongée par terre en se tenant le ventre, soudain livide.

« Ah, elle va accoucher ! » crie quelqu'un, en déclenchant un vent de panique dans la salle à manger.

Mais c'est juste un bout de la robe rouge de Pomme qui est mouillé. On la relève.

La colère d'Ananas retombe, le feu semble éteint ; elle a plutôt l'air d'un tas de cendres légèrement agitées par le vent.

Le repas est servi. Les femmes restent assises sans bouger. Pas une ne tend la main pour saisir ses baguettes. Pas une ne prend un œuf pour en casser la coquille sur le bord de la table. Pas une ne trempe un beignet frit dans le lait de soja. Pas une ne mord dans un petit pain pour savourer la viande hachée dont il est fourré. Pas une ne mange de raviolis. Pas une n'ajoute de vinaigre dans la coupelle de sauce de soja. Mais les raviolis dégagent une odeur délicieuse. Des morceaux de ciboule hachée flottent sur la soupe.

Fraise serre les poings, les pose des deux côtés de son bol. Son pain fourré a une fente qui laisse apercevoir le hachis de porc, une petite fente dont s'écoule aussi un peu de bouillon. Sa main se détend soudain et saisit le pain.

« Excusez-moi, je l'entends pleurer de faim dans mon ventre, j'abandonne. » Et elle vide son assiette.

17

Les haut-parleurs font un bruit infernal, on dirait qu'un troupeau de chevaux a fait irruption dans la salle. Caporal est en costume occidental noir, chemise bleue, cravate rouge, chaussures de cuir noir, le visage poudré, les cheveux plaqués sur la droite comme des herbes aquatiques courbées par le courant. Il marche vers le micro sur un étroit tapis rouge. Le bruit des sabots des chevaux s'arrête. Il pousse un soupir dans le micro.

« Bonjour à vous toutes ! J'ai le plaisir d'être l'animateur de la célébration d'aujourd'hui, ce dont je suis très touché en tant que vieil employé de cet établissement, commence-t-il en s'interrompant pour avaler sa salive. Notre centre est une grande famille pleine de chaleur, une institution qui a la joie au cœur. En suivant les principes directeurs de la pensée du président Niu visant à enrichir la culture de notre établissement, à accroître sa cohésion et à élever le coefficient de bonheur de ses membres, j'ai composé une chanson qui lui est dédiée et que j'ai intitulée *Un vrai paradis*. Nous commencerons à la répéter sérieusement demain. »

Alors que les femmes ont les mains sagement posées sur les cuisses, les haut-parleurs diffusent des bruits d'applaudissements et de sifflets.

Souriant, jambes serrées, Caporal attend que les applaudissements aient cessé pour continuer :

« Réunies dans cet établissement, vous venez de tous les coins du pays. Depuis la création de notre institution, nous avons largement demandé les avis des masses dans tous les domaines, de la nourriture et l'hébergement aux loisirs, à la santé et au bien-être, et nous n'avons cessé de réviser et compléter nos programmes afin de satisfaire au mieux les désirs et les exigences de tout le monde.

— N'importe quoi ! Qui nous a demandé notre avis ? Grenade aime la sauce piquante, elle en a demandé et n'en a jamais eu, s'insurge Clémentine, mais sa voix est étouffée par celle du micro.

— Je suis sûr que chacune d'entre vous, après avoir quitté notre centre, gardera le souvenir inoubliable de sa chaleur, de son confort et de la joie qui y règne…

— Bobards… Ici c'est une prison…

— Et maintenant, nous en arrivons à la partie la plus importante de nos festivités, j'invite le président-directeur général Niu Yugen à venir prendre la parole. »

Tonnerre d'applaudissements dans les haut-parleurs.

C'est un président Niu jovial qui déboule sur l'estrade et, tout sourire, monte avec légèreté la marche du podium. Ce faisant, il tâte d'une main, sur sa poitrine, sa nouvelle cravate dont le nœud, sous son cou, semble une excroissance de sa pomme d'Adam. Il a le nez sur le micro et, toujours souriant, garde les yeux tournés vers le bas du podium. Nouveaux applaudissements dans les haut-parleurs. Le président se tourne et fait un geste de la main. L'assistance fait silence. Il est tellement gros que, debout, il n'arrive pas à joindre les genoux, il a les jambes incurvées. Il se passe une main sur le visage, et c'est comme s'il avait ôté un masque[1] : il a le visage soudain sévère, les traits prêts à l'attaque. Il prend son papier, en le tenant loin de

1. Référence à un type d'opéra traditionnel, populaire au Sichuan, dont l'un des traits originaux consiste en des changements de masques très fins, tellement rapides qu'ils sont à peine perceptibles, d'où le nom de cet aspect de cet opéra, *bianlian*, ou changement de visage.

lui, comme un presbyte lisant le mode d'emploi d'un appareil électrique.

« Mesdames, très honorables et méritantes productrices, bonjour. Aujourd'hui, je suis très content d'être ici, devant vous, pour vous faire un rapport sur les activités de notre établissement. Vous en constituez sans aucun doute la plus grande force ; sans vous il n'existerait pas, n'aurait pas de présent et encore moins d'avenir. En tant que président, je suis ravi de pouvoir partager avec vous les divers succès remportés depuis sa fondation. J'aimerais tout d'abord exprimer ma reconnaissance envers notre époque, car c'est elle qui a fourni à notre centre les conditions d'un développement florissant, c'est une chance historique.

La croissance économique est une bonne chose. Qu'est-ce, en effet, que l'économie ? L'économie, c'est l'argent, et l'argent est une bonne chose. Il ne s'agit absolument pas de vénération du veau d'or, de matérialisme, et encore moins de vulgaire recherche du profit pour le profit. Il y a des malades qui ont une haine viscérale de l'argent. Mais, même pour vous acheter un cure-dent, vous avez besoin d'argent, c'est la réalité, et la réalité, c'est que l'argent permet de mener une existence plus agréable. L'argent permet de se payer un bon hôpital quand il faut se faire soigner, il permet d'offrir les meilleures études à ses enfants et de leur donner du lait en poudre d'importation. L'argent permet de se nourrir bio, d'avoir un appartement spacieux, mais aussi de venir en aide ceux qui en ont besoin. Surtout, l'argent permet de rencontrer l'amour et d'être pleinement épanoui en avançant en âge. Entre parenthèses, sur ce point, il faut applaudir des deux mains… »

Tonnerre d'applaudissements dans les haut-parleurs. Une vague d'acclamations déferle comme une houle marine.

« C'est Caporal qui a écrit le discours. » Les femmes rient sous cape, en se couvrant la bouche de la main.

« Plus on est riche, plus l'argent aide à résoudre les problèmes, en particulier pour les gens qui ne peuvent pas avoir d'enfants : il leur permet de réaliser leur rêve de progéniture. C'est ainsi que bon nombre de personnes qui avaient besoin d'argent ont trouvé un travail honorable et méritoire ; en un laps de temps très court, elles peuvent gagner cent fois le salaire d'un employé ordinaire et résoudre très vite les difficultés qu'elles rencontrent dans la vie.

Notre établissement est donc bien un paradis. Dans les épopées d'Homère, le paradis est une vallée au bord de l'océan où il n'y a ni tempêtes ni grands froids, ni même d'hiver ; une douce brise y souffle toute l'année. Dans la poésie, et la littérature en général, le paradis est synonyme de terre de beauté et de félicité. Notre établissement n'a rien à se reprocher. Nombreuses sont celles qui, grâce à lui, se sont sorties d'une passe difficile et dont la famille a ainsi trouvé le bonheur. »

Le président fait une pause tandis que les haut-parleurs diffusent à nouveau applaudissements et acclamations.

« Au cours de ces dernières années, nous avons soutenu sans faiblir notre système de valeurs fondamentales et avons pris pour guide une vision scientifique du développement, en concentrant nos forces pour ouvrir une voie novatrice au profit de l'humanité et au service de l'homme. Selon le principe de l'autorité de la loi, nous avons édicté des règles de fonctionnement efficaces. En tant que président, je vous fais une promesse solennelle : à l'avenir, nous allons progresser dans l'amélioration des conditions de fonctionnement de cet établissement, pour en accroître la superficie et les capacités d'accueil, afin d'en augmenter le confort et de vous offrir un environnement de vie encore plus idéal.

Je vous remercie et tiens à vous témoigner toute mon admiration. Le fruit de votre grossesse n'est pas seulement un produit, pas seulement une vie, c'est aussi l'avenir du pays, le rêve d'une nation. C'est ce qui nous incite à redoubler d'efforts afin d'apporter une contribution appropriée à l'établissement d'une civilisation démocratique riche et puissante fondée sur un socialisme harmonieux et un pays modernisé, concrétisant ainsi le renouveau du grand rêve du peuple chinois ! »

Les applaudissements prennent une ampleur de tsunami ; les haut-parleurs semblent au bord de l'implosion tandis que résonne en même temps, d'une seule voix, le slogan :

« Pa-ra-dis ! Pa-ra-dis ! Pa-ra-dis ! Pa-ra-dis ! »

Sur le côté du podium, Caporal et Petit Général applaudissent. Les gardes aussi. Ainsi que le cuisinier et l'équipe de nettoyage.

Le président replie son papier et continue, sa main gauche venant enserrer sa main droite, et ses deux mains ainsi enlacées descendant en direction de son entrejambe :

« Pour terminer, j'ai une bonne nouvelle à vous annoncer. Hier après-midi, à quinze heures cinquante et seize heures vingt, deux d'entre vous ont accouché sans problème, tout s'est parfaitement bien passé. Dans un cas, il s'agit d'un petit garçon de quatre kilos. Dans l'autre, d'une petite fille de trois kilos cinq. Les contrats sont remplis. Les deux couples étaient très contents et ont donné cinquante mille yuans de plus aux parturientes. Notre établissement n'a pas prélevé sa part et a versé de son côté cinq mille yuans à chacune. Elles feront à jamais partie de notre centre, sa porte leur restera toujours grande ouverte. »

Applaudissements et acclamations. Les ballons éclatent de tous côtés. Bang bang bang bang.

18

Comme il s'est mis à faire chaud, il y a de plus en plus de cafards. Quand on éteint la lumière, ils fourmillent dans tout l'étage. On entend des milliers de pattes frôler le plancher avec de légers bruissements, cha cha cha cha. Ils copulent, défèquent, pondent des œufs, et des troupeaux entiers de petits cafards entrent et sortent par les fissures. Ils parlent à voix basse, se disputent et vont se plaindre à leur maman. Mais la maman se retrouve très vite le ventre en l'air, le corps raide et les pattes sans ressort – morte. Les préposés au nettoyage sortent alors de leurs cachettes, balaient les cadavres et les jettent dans des sacs-poubelles.

« Ma petite Pêche, le bleu te va vraiment à ravir. Rappelle-toi le jour où tu es arrivée ici, tu étais sale, tu empestais et tu étais couverte de poux aussi gros que des blattes. On n'aurait jamais cru qu'une fois lavé et débarrassé de sa gangue de boue, ce petit navet serait aussi tendre. Cela fait déjà quatre mois… J'aime voir le ventre des femmes grossir peu à peu, de jour en jour. Le bébé, dans leur ventre, grandit dans l'obscurité comme une plante dans la nuit. »

Les femmes de ménage balaient le sol, lavent les toilettes, nettoient les tables, vident les poubelles en bavardant sans arrêt.

« Quelle pitié, toi qui es si jolie, que tu sois à la fois muette et simple d'esprit. Tes parents doivent te chercher partout, non ?… Enfin, ce n'est pas sûr, parce que tu es quand même une charge pour une famille, ce n'est pas facile de s'occuper de toi… »

Il y a un nuage de poussière dans ma chambre. Alors je sors.

Fraise est ébouriffée, la poitrine très blanche mais rebondie, comme au bord de l'explosion ; elle a un bijou de jade vert coincé entre les seins, comme une oasis de verdure au fond d'un ravin, au milieu de montagnes enneigées. Ses doigts aussi sont grassouillets, ainsi que le dos de ses mains, couvert de petites fossettes, qu'elle badigeonne de crème hydratante. Ses paumes, elles, sont douces et roses. Dans sa chambre flotte une odeur de cosmétiques.

« Ça te dirait de manger du bœuf séché ? Tiens, il reste la moitié de ce morceau. » Fraise n'arrête pas de s'essuyer le visage, de le frotter et de le tapoter, mais dès qu'elle rit, son regard s'illumine. « Boulette de Bœuf est un radin. Si on veut grignoter quelque chose en dehors des repas, il faut qu'on se le paye, ce n'est pas prévu dans le contrat. Mais comme il veut absolument trouver le moyen de satisfaire nos exigences, il a carrément ouvert une boutique de salaisons dans la maison. »

Le bœuf séché exhale une senteur délicieuse. Je mange lentement, en mâchant chaque morceau.

« J'ai tout à fait conscience que j'ai un poil dans la main. Quand j'étais petite, mon père me giflait pour m'inciter à étudier, à faire des efforts, mais il a eu beau me battre, me traiter de tous les noms, il n'est pas parvenu à vaincre ma paresse. Pourquoi donc devrais-je avoir envie de progresser ? Depuis toute petite, je n'en fais qu'à ma tête. Est-ce que c'est ça, être dégénéré ? C'est tout cela qui a fini par me dégénérer. »

Elle me passe un peu de blanc sur le visage et l'égalise du bout des doigts, puis tapote de la paume de la main. « Le plus important, pour une femme, c'est la beauté, et la beauté tient d'abord à la qualité de la peau… Regarde comme tu es jolie maintenant. » Elle range un à un dans le tiroir tous les flacons et les pots qui étaient sur la table. « Juste avant de mourir, mon père m'a exhortée à trouver un bon boulot et à bien travailler. Mais pointer le matin, pointer le soir, prendre le bus et le métro dans la cohue des heures de pointe, et tout ça pour gagner un salaire de misère ? C'est juste se gâcher la vie… »

Fraise s'immobilise soudain, en se caressant doucement le ventre d'une main. Puis de l'autre au bout d'un moment. Se tenant le ventre des deux mains, elle reste finalement là, comme hébétée, à se regarder dans le miroir, ses yeux s'humectant doucement de larmes.

« La vie, c'est ça… » dit-elle à voix basse en saisissant ma main pour la mettre sur son ventre : « Il bouge, tu le sens ? »

Son ventre est tout chaud.

« Wenshui, ton petit frère fait encore le coquin », dit maman en se tapotant doucement le ventre, puis elle ajoute, comme chantant une chanson : « Wentian, écoute bien maman, ta grande sœur t'attend. »

Je colle mon oreille sur son ventre, il y a beaucoup de bruit dedans, un vrai raffut.

Fraise se lève doucement et fait les cent pas avec précaution d'un bout de la chambre à l'autre, comme si le plancher était glissant.

19

« Le président Niu est parti aux Maldives. Pendant son absence, c'est moi qui le remplace », déclare Ding Dang qui prend un timbre de voix très suave pour parler ensuite des repas : « Pour ce qui est des heures des repas, je pense qu'il ne faut pas imposer de règles trop astreignantes, il vaut mieux que chacune d'entre vous harmonise sa conduite avec celle des autres… Cependant, la méthode de management du président Niu en la matière n'est pas mauvaise… C'est ainsi que le système a fonctionné pendant des années… Ne vous inquiétez pas, je vais tout arranger pendant que je suis en charge, sans en rendre compte au président Niu. »

« Chère Ding Dang, dit Clémentine, tu es vraiment trop gentille, mais justement, on n'a pas envie que tu fasses des coups en douce. On préfère arriver en retard au déjeuner, voire au dîner.

— Mais pourquoi agir ainsi de façon délibérée ? demande Ding Dang en roulant des yeux ébahis.

— Nous voulons obtenir des droits dans les règles, y compris la liberté d'écrire des lettres et de téléphoner.

— D'accord. Mais vous pouvez aussi faire simplement la grève de la faim.

— Si on bazarde tous les produits, l'établissement s'écroulera. »

Ding Dang gonfle les deux monticules qu'elle a sur la poitrine et creuse le fossé entre les deux :

« A quoi bon se battre comme ça ? Personne n'y gagnera.

— Alors je te demanderai d'user de persuasion au lit », réplique Clémentine.

Mascotte joue comme un fou ; d'un coup de tête, il lance le plus loin possible l'os qu'il a dans la gueule.

Les femmes hurlent de rire.

Les gens à la peau très blanche ne peuvent cacher aucun secret. Ding Dang rougit, ses deux tertres aussi. Elle se laisse gagner par l'hilarité générale, la bouche complètement tordue, le menton pressé contre la poitrine.

« Tout doit être étayé par des preuves. Le système régissant cet établissement ne s'est pas fait en un jour, il a connu des modifications, et ce n'est pas en un jour non plus qu'on pourra le changer. Je vous propose donc ceci : un, vous apportez des preuves tangibles de la nocivité des repas à heures fixes ; deux, vous prouvez que le fait de ne pas pouvoir écrire de lettres ni téléphoner comme vous le souhaitez a des effets négatifs sur votre production ; et trois, en même temps, vous apportez des contre-preuves. »

C'est bien trop long ; les paroles de Ding Dang sombrent dans l'indifférence générale, personne ne répond.

20

Selon le président Niu, si les femmes qui ont un gros ventre mangent beaucoup, leur ventre peut devenir un fardeau ; en plus, cette chose dans leur ventre finit par prendre toute la place, alors, si elles continuent à manger beaucoup, ça devient juste des excréments. Consommer beaucoup de musique, en revanche, ça ne pose pas de problème. La musique nourrit la production, elle rend plus intelligent et élève le QI. Musique classique, folk, jazz, country, peu importe, mais l'optimum, pour ce qui est de la consommation, ce sont les symphonies.

Les symphonies, c'est plein de bruits d'assiettes cassées, de verre brisé, de fer scié, de bruits de soudure et de tonnerre, et de petit bois que l'on hache menu. Il y a aussi des voix de femmes de la campagne jacassant et criant « A table ! » en chantant à tue-tête. Par moments, il ne reste plus qu'un filet de voix ténu, un son aigu comme la pointe d'une aiguille, on dirait le piaillement d'un oisillon dans son nid, bec ouvert, attendant d'être nourri. Alors arrivent en battant des ailes une nuée de grands oiseaux, le papa et la maman, mais aussi une volée de tantes et de cousines qui font un raffut d'enfer comme un jour de tempête. Le soleil frappe un grand bang ! Et la lumière fait un trou immense. Expulsée, la nuit s'échappe en glissant sur un toboggan. La lune, tel un ballon, flotte là-haut dans le ciel. Les plantes gémissent et le magnolia blanc, s'évertuant à ouvrir ses pétales, fait voler le pollen qui va tapisser le sol.

Les femmes sont assises, les mains sur le ventre, les yeux fermés, balançant doucement le buste au rythme de la musique.

Il fait très sombre. Des étoiles scintillent. Le vent fait des bonds comme un écureuil sautant de branche en branche. Je suis debout entre deux arbres, les yeux fermés. Je suis devenue arbre et je sens des fourmis grimper sur mes branches, des insectes jouer sur mes feuilles. Les arbres bavardent entre eux. Et bavardent avec moi. Wenshui, tu as vu les étoiles ? C'est du popcorn qui a volé en éclats dans le ciel. Et la lune ? La lune, c'est une crêpe qu'a préparée maman. Je tiens l'arbre enlacé et j'entends le vent comme un écureuil bondissant dans les feuilles.

Petit Général et Grenade se grignotent les lèvres dans un coin secret.

« Poire des Neiges prétend que tes seins sont faux. Elle est minable, et jalouse de toi.

— Comment tu sais ?

— On voit bien qu'elle est plate comme une piste d'aéroport.

— Tu as vu sa poitrine ?

— On dit aussi qu'elle raconte que tu couchais avec un type, que ton mari t'a chopée, et que c'est pour ça qu'il a divorcé.

— Elle a dit ça, t'es sûr ?

— Laisse tomber.

— Mais qu'est-ce qu'elle gagne, à dire du mal de moi ?

— Justement, ne t'en occupe pas. »

21

Mascotte vient de vomir ; il se traîne dans un coin et, épuisé, ne bouge même plus la queue.

Je le prends dans mes bras et fais les cent pas dans le couloir, monte et descends l'escalier. Maman me prenait dans ses bras et me berçait doucement en me tapotant le dos. Je tapote le dos de Mascotte et le berce doucement. Toutes les portes des chambres sont ouvertes. Clémentine écrit son journal intime. Pomme tricote un pull. Poire des Neiges est à la fenêtre, le regard perdu au-dehors. Ananas ouvre un paquet de snacks qui, crac, se déchire ; il en tombe partout.

Fraise a roulé ses cheveux et les a attachés sur la nuque en une galette noire. Elle a le front très haut, comme une montagne.

« Pose Mascotte, il a trop mangé, c'est tout », me dit-elle en continuant de bourrer et bourrer un sac de toile déjà plein à craquer ; c'est un joli petit sac sur lequel sont brodés des oiseaux posés sur une branche d'arbre en fleur, les yeux tout ronds, comme prêts à s'envoler. Elle est assise au bord du lit, sa poitrine se soulève et s'abaisse.

« Il faut que je parte d'ici au plus vite, sans plus attendre, je ne peux pas leur laisser mon fils plus longtemps. »

Puis elle me demande en se balançant doucement :

« Pêche, tu n'as pas envie de rentrer chez toi ? De voir ta maman ? Aujourd'hui c'est la fête des bateaux-dragons. »

Je sens les larmes me monter aux yeux. Il me vient comme un hoquet dans la gorge ; ça fait un bruit désagréable, alors je ferme la bouche, mais c'est mon nez qui se met à faire un bruit bizarre. Maman m'a fait prendre un bain aux feuilles d'armoise et m'a mis un ensemble à fleurs. La rivière est en crue et l'eau très haute. On tire des coups de fusil, on bat du tambour. Ho – ha – ho – ha, hurlent en chœur les rameurs des bateaux-dragons qui rament et rament, et les bateaux-dragons volent sur l'eau.

Le calme est revenu à l'étage. Les rires et les bruits de pas se sont estompés dans l'obscurité. Les cafards sont sortis, on entend le bruissement des griffes de leurs pattes. Ils défèquent, s'accouplent, pondent des œufs. J'en écrase un. Il est devenu une masse informe, mais quand je tourne les talons, il se traîne jusqu'à une fente du mur et y disparaît. Mascotte le poursuit, flaire le mur au bord de la fente et se met à gratter.

Je prends un sac en plastique, y fourre des tas d'affaires jusqu'à ce qu'il soit plein à ras bord et m'assois en le serrant contre moi car je vais rentrer à la maison. Mais, après être restée assise un instant, je le pose pour prendre Mascotte dans mes bras. Je veux sortir un sac à main, mais Mascotte tombe ; je le reprends dans mes bras, mais le sac en plastique me glisse des mains et va s'écraser par terre, tout ce qui était dedans jonche le sol. Je n'arrive pas à tenir à la fois Mascotte et le sac. Je ramasse tout ce qui est par terre et le refourre dans le sac en plastique qui est à nouveau plein à craquer.

Fraise apparaît soudain. « Vite, allons-y. » Les petits oiseaux sur son sac brodé de fleurs semblent prêts à s'envoler. Je prends Mascotte dans mes bras. Mais sans parvenir à prendre en même temps le sac en plastique. « Tu n'as pas besoin de toutes ces affaires abîmées. » Je serre Mascotte très fort car je vais rentrer à la maison avec Fraise. Les petits oiseaux sur le sac brodé de fleurs vont s'envoler. Elle a roulé ses cheveux en une galette noire.

On descend par l'escalier. Un étage. Encore un étage. J'ai la tête qui tourne un peu. Fraise est essoufflée. Elle est pieds nus. Et avance comme un bateau glissant sur l'eau. Sans un bruit. Au bout d'un moment, elle tourne la tête vers moi. Ses yeux brillent comme des feux follets. Il y a deux souris qui se battent en poussant des cris aigus, puis elles détalent. « N'aie pas peur. Reste tout près de moi. » Elle a la voix qui tremble. Elle a froid.

Au bout du couloir tout noir, parcouru à tâtons, on voit de la lumière. Il y a un gardien à la porte. Et une grille. Avec une grosse serrure. Le gardien en tenue de camouflage dort, affalé sur la table. Fraise est plus légère qu'un chat. Elle s'approche du gardien et le fouille comme si c'était un cadavre. On entend le bruit des clés quand elle les touche. Les mains tremblantes, elle sort un gros trousseau. Elle met une clé dans la serrure, ce n'est pas la bonne ; en met une autre, pareil ; en met encore une autre, la serrure ne s'ouvre toujours pas. Elle a le souffle court. Inspire longuement. Change de clé. Clic… ça a marché. Elle ouvre la grille et fait un pas dehors. Puis se retourne, voit que je n'ai pas bougé et me fait de grands gestes de la main. Derrière elle, c'est un gouffre noir. Mais, derrière moi, c'est aussi un gouffre noir. Je me dirige vers la porte quand, soudain, Mascotte se débat, saute par terre et disparaît tête la première dans l'obscurité.

22

Il ne fait pas encore jour. La salle à manger est plongée dans le noir. J'ai très faim. Clic. La clé a fait un tour. Clic, clic, clic, la clé n'en finit pas de tourner dans la serrure. Mascotte est allongé sous la table, se lèche les pattes, tire la langue. On a le ventre qui gargouille, tous les deux. J'avale une gorgée de salive. Dans l'obscurité, une chauve-souris vole vers moi, les yeux brillants comme des feux follets, en grinçant des dents. A mes oreilles résonne un cri : « Pêche, hé, Pêche… »

J'ouvre grand les yeux et vois ceux, tout ronds, d'Ananas.

« C'est incroyable, cette demeurée s'est endormie dans la salle à manger.

— Tu ne changeras jamais. Regarde comment tu parles, tu n'arrêtes pas de cracher des méchancetés, s'indigne Grenade.

— J'ai juste dit demeurée, qu'est-ce que ça peut te faire ?

— A partir de maintenant, Pêche est ma petite sœur. Si tu l'insultes, tu m'insultes.

— Bel esprit chevaleresque, tu donnes bien le change. Tu crois qu'on ne sait pas quel genre de femme tu es ?

— Ah oui, quel genre ? Dis voir un peu ?

— Le genre à coucher avec n'importe qui, tu crois peut-être que je vais pas oser le dire ? »

Clémentine intervient avant qu'elles n'en viennent aux mains : « La dernière fois, à cause de vous, Pomme a accouché avant terme ; heureusement, la mère et le bébé s'en sont sortis indemnes. »

Poire des Neiges vient mettre son grain de sel : « C'est vrai. S'il y a un problème, on peut en discuter, pas la peine de se battre.

— Tu te réjouis du malheur d'autrui, mais avec moi tu n'en as pas assez à te mettre sous la dent, dit Ananas qui se redresse et va se rasseoir à sa place.

— Tu vas arrêter de mettre de l'huile sur le feu ? lance Clémentine à Poire des Neiges.

— Qu'est-ce que j'ai dit de mal ?

— On dirait que ça t'angoisse quand tout est calme. »

Au milieu de la bagarre arrive le président Niu,

suivi de quatre gardes armés jusqu'aux dents, en deux rangs serrés. L'atmosphère est lourde.

Le président Niu s'immobilise, les jambes en accent circonflexe, la cravate jusqu'à la braguette.

« Vous êtes tout simplement sans foi ni loi ! Vous ne méritez pas tout le mal qu'on se donne pour vous ici, vous me tuez… Continuez, continuez à faire du grabuge… » Il porte une main à sa poitrine comme s'il prononçait un serment : « Mais je puis vous assurer que vous pouvez bien vous enfuir, où que vous soyez, je vous retrouverai, une à une, et vous ramènerai. »

Le président écarte la main de sa poitrine, la pose sur son front et la fait glisser de là vers sa nuque, pour finalement serrer le poing, le serrer pour y enfermer Fraise, mais il suffirait qu'il l'ouvre, dans un soupir, pour qu'elle retrouve sa forme première.

Je fixe ce poing, fascinée, en m'attendant à une scène splendide. Mais non, le président le fourre dans sa poche, qui s'arrondit ainsi sur sa hanche. L'autre main fait de même, et il reste planté là, comme s'il se préparait à siffler.

23

Je vais sur la terrasse prendre l'air. Porté par le vent, on peut s'envoler, comme un oiseau.

Il est le bienvenu, le vent, je lui ouvre les bras. Traverse les nuages et vole droit vers le soleil. Traverse la nuit noire, dans un ciel plein d'étoiles, épanouies comme des fleurs de chrysanthèmes sauvages. Je vole. Vois le village. Les toits. La rivière. Le coteau. Les arbres qui poussent au bord de la mare en contemplant leur reflet dans l'eau, sans se mêler à la foule. Autour des feuilles de lotus se forment des vagues. Les fleurs, elles, ressemblent à des balises de pêche flottant sur l'eau.

Tête de Bois tire sur sa canne à pêche, un poisson bondit hors de l'eau, se tord dans tous les sens, il a le fil à la bouche et le mange, on dirait qu'il va l'avaler tout entier, avaler jusqu'à la canne à pêche et jusqu'à la main qui la tient, avaler Tête de Bois, et m'avaler, moi aussi. Tête de Bois lève la canne à pêche et le poisson tombe dans l'herbe. « Montre comme tu es doué pour voler ! » dit Tête de Bois au poisson. Alors j'attends que le poisson s'envole. Il me regarde fixement. Se débat en frappant l'herbe, bouche grande ouverte, inspirant de grandes gorgées d'air. Je l'attrape par le fil, le décroche de l'hameçon. Allez, vole ! Et je le jette dans l'eau.

Je vole. L'ombre de maman apparaît dans l'embrasure de la fenêtre. De la poêle monte de la vapeur. Maman fait frire une galette à l'armoise. L'arôme s'en répand comme des flèches. D'innombrables flèches qui me vont droit au cerveau en sifflant. L'espace entier en est saturé. « Wenshui, arrête de voler, descends vite manger la galette. » Maman a passé la tête à la fenêtre. Elle a deux petites nattes, le front bien dégagé. Puis elle rentre la tête pour aller mettre de la galette dans mon bol.

Clac ! Une étincelle jaillit dans l'obscurité et éclaire le visage de Grenade. La flamme vacille un moment.

« Tu veux que je te raconte ce qui m'est arrivé ? » Grenade expire un filet de fumée. « J'écrivais dans un journal, je gagnais entre deux et trois mille yuans par mois. Je louais un appartement dans un immeuble en béton où les murs étaient minces. L'hiver, c'était chauffé, mais il fallait quand même porter des caleçons chauds. C'était aussi mal insonorisé. Il fallait surtout que je supporte une voisine qui faisait constamment un bruit infernal, qu'elle gronde son fils, qu'elle fasse l'amour ou qu'elle se querelle. Ce que j'ai trouvé de mieux à faire, dans ces conditions, c'est de mettre un casque audio et d'écouter de la musique. Du coup, j'ai eu des problèmes d'audition et mon ouïe a baissé. Finalement j'ai déménagé dans un immeuble sans ascenseur mais j'étais très contente car cela me faisait faire de l'exercice, en particulier quand je devais grimper les étages en traînant une valise de quarante kilos ; c'était bon pour la santé.

Un jour, cependant, alors que, juchée sur des talons hauts, je descendais avec une valise pleine de marchandises pour le Nouvel An, je me suis tordu la cheville et suis tombée en dévalant l'escalier avec la valise. Un homme m'a aidée à me relever et m'a dit, bon, plus de peur que de mal. Je me sentais horriblement mal, mais on ne peut quand même pas passer sa colère sur un type qui vous vient en aide. Il valait mieux que je la passe sur mes chaussures à talons. Après m'avoir accompagnée jusqu'en bas, ce preux chevalier m'a dit : "A votre retour, appelez-moi pour que je vous porte la valise." Et il m'a laissé son numéro de téléphone.

Quand je suis revenue, ma valise était vide mais je l'ai quand même appelé. Il m'attendait en bas de l'escalier et il est monté en portant la valise vide. Je le suivais, portée par l'illusion de rentrer chez moi avec lui. Je le lui ai dit, et il m'a répondu qu'il en était de même pour lui. Je me suis arrêtée devant ma porte. La valise était comme un enfant qui se serait sagement appuyé contre sa jambe. Une jambe des plus ordinaires, dans un pantalon de jogging noir, avec au pied une chaussure en cuir retourné brun et une chaussette noire. Il n'avait pas l'air ennuyé du tout. Il m'a dit que, parfois, les illusions pouvaient devenir réalité. Le problème était là : on avait trop envie de voir l'illusion devenir réalité. Et alors ? Ah zut, j'ai trop sommeil, je vous raconterai la suite la prochaine fois. »

24

Ses doigts sont comme des poussins en train de picorer, toc toc toc, en train de picorer le clavier, tac tac tac. Des petits poussins d'un blanc étincelant qui picorent du grain par terre. 1, 2, 3… 10. J'en compte dix. De temps en temps, le président Niu ouvre son armoire métallique pour en sortir un dossier et, sourcils froncés, en feuillette les fiches où sont collées des photos, le regard passant de l'écran de l'ordinateur aux fiches. Alors, apparemment rassasiés, les poussins cessent de se jeter sur les graines et se contentent d'en picorer encore une ou deux, par-ci par-là. Mais soudain, le téléphone sonne ; les petits poussins se précipitent vers l'appareil pour le saisir et l'approcher de l'oreille du président Niu.

« Je suis au bureau, en train de vérifier des dossiers… Tu dis n'importe quoi ! Comment veux-tu que j'aie l'esprit en paix ? Je n'ai pas cessé d'avoir des problèmes, ces temps-ci, j'en ai des migraines, tu veux m'en rajouter encore ?... Quoi ? Avec tout le travail que j'ai à faire, j'ai quand même trouvé le temps de t'emmener aux Maldives, non ? Ici, cela devient ingérable... Il vaudrait mieux que je fasse faillite ? Mais si je fais faillite, qui va te payer des fourrures, t'acheter des sacs Louis Vuitton, te faire faire le tour du monde ?... Ne me casse pas les pieds... Cette fille... Elle s'occupe de l'administration, ici... Ah, quelles salades ! Tu te fais des idées... Celles qui sont jolies, ce sont toutes ces femmes enceintes, c'est d'elles que tu devrais être jalouse, là tu n'aurais pas tort... Je n'aime pas les grosses poitrines, tu le sais bien, c'est la tienne que j'aime, avec ses tout petits tétons, elle tient dans la main, c'est idéal... J'adore grignoter tes "graines de cacahuètes". Si tu avais de gros seins, je ne t'aurais pas épousée... Mais non, tu crois que moi, ton mari, j'ai changé à ce point ?... Peut-être que d'autres en raffolent, mais moi je n'aime pas ces monticules sur la poitrine qui ressemblent à deux tertres funéraires, il suffit de les voir, ça porte malheur...

La situation est grave. L'autre soir, 88 a profité de ce que le garde s'était endormi pour s'enfuir. Je vais attendre encore deux jours pour voir si elle revient... Prévenir la police ? Mais nous n'avons pas de licence d'exploitation, en d'autres termes, l'entreprise est illégale… Tu n'as pas vu que j'en perdais mes cheveux, ces derniers temps ? A force de souci, d'anxiété, de stress… Allons, tu as une existence confortable, estime-toi heureuse et ne viens pas me rajouter des problèmes… Mais oui, mais oui, actuellement rien n'est très sûr… Ce n'est pas que je ne m'intéresse plus à toi, que je ne t'aime plus… c'est que je suis épuisé, en permanence ; la gestion du centre est devenue un vrai casse-tête… Il y a quelques femmes enceintes qui ne me laissent pas l'esprit en paix, celles qui ont fait un peu d'études : elles n'arrêtent pas de se plaindre du règlement du centre, en râlant contre telle règle, en dénonçant telle autre ; elles montent sur leurs grands chevaux et refusent de manger, elles se prennent vraiment pour des impératrices douairières… J'ai sévi tout de suite, mais je ne peux pas aller trop loin, sinon elles risqueraient d'aller déposer plainte, la police n'est pas là pour rien. Le centre a beau être clandestin, c'est un grand bâtiment, les fleurs en pleine floraison répandent forcément leurs senteurs alentour, avec un peu d'efforts, on finit toujours par les trouver.

J'assume le risque parce que j'aime ça, j'aime cette affaire, il y a un tel marché, avec le corps pour capital ; on trouve beaucoup de femmes prêtes à s'investir… Notre entreprise est encore trop petite, nous avons beaucoup de demandes que nous ne pouvons satisfaire. Je suis convaincu que de nouveaux centres vont voir le jour sous peu dans d'autres villes et que le mouvement va s'étendre aux chefs-lieux de toutes les provinces. En fait, si le centre est autorisé et enregistré, il me faudra à peine quelques années avant de pouvoir faire une introduction en Bourse pour me financer. A ce moment-là, tu seras l'épouse d'un P-DG. Si ce n'est toi, qui d'autre ? Tu vois, tu vois, voilà ce qui va se passer… Je ne suis pas infidèle, et tu ne devrais pas considérer les jolies femmes du monde entier comme des rivales, il ne faut pas lâcher la proie pour l'ombre… Attends que notre fils soit en âge de partir étudier dans un lycée aux Etats-Unis et tu l'accompagneras, tu auras un bel appartement, tu mangeras bien et auras de belles affaires… N'est-ce pas pour vous que je travaille ? Tu vois bien, je suis votre esclave.

Caporal ? Oui, il me semble très bien, Caporal… Je le sais, je l'ai promu chef de l'équipe des gardes… Il est loyal, mais il a un caractère faible… Je me demande s'il serait qualifié pour devenir directeur du centre. Il a étudié dans une université médiocre, ça ne sert à rien. Ce dont le centre a besoin, c'est de gens à l'esprit vif. De ce côté-là, Petit Général est bien plus fort que lui. Il a l'air plus terre-à-terre, mais en fait il est très ingénieux, et il ose faire ce qu'il pense. Il est vrai que, par certains côtés, il est aussi un peu léger ; il n'a même pas étudié dans une université minable, il n'a réussi à entrer dans aucune. Mais une université est une université, ce n'est pas forcément utile ; il y a des gens qui n'ont pas besoin d'étudier dans une grande université, ni de faire un MBA ; ce qui est important, c'est de cultiver ses dons naturels, comme je le fais, moi. Il y a des gens qui entrent à l'université et qui sont complètement bornés…

Que ce soit une université ou une autre, quelqu'un de ma famille ou de la tienne, ça m'est égal ; tout ce qui m'intéresse, c'est d'utiliser les gens en fonction de leurs capacités. Caporal et Petit Général ont chacun leurs points forts… Bon bon bon, d'accord, voyons d'abord Caporal. Il est entièrement loyal et dévoué au centre. Petit Général, lui, est un malin ; c'est vrai qu'il aime les femmes… mais quel homme n'aime pas les femmes, si je ne les aimais pas, je ne t'aurais pas épousée, pas vrai ? L'essentiel, c'est d'aimer les femmes mais sans excès, en gardant un sens moral, et sans courir les jupons… Aujourd'hui, je le sais, je ne le sais même que trop, quel n'est pas le fonctionnaire dont les enquêtes révèlent qu'il a des tas de maîtresses ? Ils sont tous volages… Mais toi, la chef du comité de discipline, tu me suffis, à moi ; je n'ai pas d'énergie à revendre, ce que je veux, c'est réaliser quelque chose de grand…

Ce n'est pas que j'aie une ambition démesurée et que je manque de courage pour la mettre en œuvre, ce n'est pas ça ; le problème, c'est que le mariage a brisé le ressort vital en moi… Regarde, tu n'arrêtes pas de me harceler, de vouloir contrôler mes pensées, même mes rêves sont passés au peigne fin… Gérer une épouse, c'est bien plus difficile qu'administrer le centre… Je vais te dire : ces femmes, je les considère uniquement sous l'aspect commercial, comme des têtes de bétail, en examinant leurs dents, leurs yeux, leurs cheveux, leur tonus, leur physique. A mes yeux, ce sont de simples outils à procréer ; elles n'ont aucun autre intérêt pour moi. Mais toi, tu es aussi féroce qu'un loup ou un tigre… D'accord, d'accord… tu as bien raison, je ne suis pas d'humeur à travailler… »

Les petits poussins remettent le téléphone à sa place.

« Comment peut-elle savoir, pour Ding Dang ? » se demande le président Niu en se frottant le visage, les yeux écarquillés. Il sursaute soudain en m'apercevant, comme si je venais de surgir des profondeurs de la terre.

La bande de petits poussins court se réfugier sur son crâne et y picore les menues touffes d'herbe.

« Si j'avais su combien il est difficile de gérer les relations avec une femme, je n'aurais jamais épousé celle-ci. Elle est trop cupide. Elle veut des fourrures, des sacs de marque, et même votre corps et votre cœur sans partage. Etonnamment, c'est considéré comme raisonnable, et même très moral, et c'est protégé par la loi. Il suffit que les femmes ouvrent les cuisses, elles obtiennent tout… Nous, les hommes mariés, si nous ne pouvons pas sortir pour respirer tranquilles, nous mourons étouffés…

S'il était possible de repartir de zéro, je pense que j'irais vivre tout seul sur une île déserte. »

Après être resté un moment aussi immobile qu'un mort, le président Niu se redresse sur sa chaise, vide d'un trait la moitié d'un verre d'eau, et les petits poussins se remettent à picorer sur le clavier.

25

Minuit.

La lumière de la lune semble envelopper la terre d'un manteau de neige. Tout est silencieux. Mais j'ai de l'eau dans les oreilles. De l'eau qui fait un bruit terrible, à me percer les tympans par moments. Alors je baisse la tête pour me vider les oreilles. Seulement, au bout d'un certain temps, j'ai l'impression d'avoir une bestiole qui me bourdonne dans le crâne. Je fais les cent pas dans la chambre en secouant la tête.

« Tu es malade ? » me demande Ding Dang venue inspecter la chambre. Une lampe électrique à la main, elle projette sur moi un faisceau de lumière d'un blanc de neige. Elle passe me voir tous les soirs et, me pressant le ventre du bout des doigts, m'apprend la bonne position pour dormir. « Il ne faut surtout pas dormir sur le ventre, tu pourrais t'étouffer. Si tu meurs, on te suspendra à une branche d'arbre comme un chat mort », me dit-elle chaque fois avant de repartir. J'ai très peur de finir comme un chat mort pendu à une branche d'arbre, alors, la nuit, je me réveille pour vérifier que je ne dors pas sur le ventre.

En sortant, Ding Dang m'ordonne de dormir, mais je me rassois sur mon lit dès qu'elle est partie. J'ai de la cire dans les oreilles qui fait du bruit. Tout en essayant de l'enlever avec le petit doigt, je sors de ma chambre. La porte de Fraise, restée entrouverte, laisse passer un filet de lumière.

Fraise est en train de se déshabiller. Elle a une poitrine énorme et blanche qui ne cesse de trembler, et un ventre qui semble être le pendant de son postérieur, dans la direction opposée. Pieds nus, elle entre dans la salle de bain, on entend un bruit d'eau qui coule.

Je caresse son sac brodé, un petit sac tout étriqué ; un oiseau est caché dans les plis, comme s'il avait les ailes cassées.

Lorsque, seins frémissants, Fraise ressort de sa douche, Caporal est là, assis sur une chaise. Il se lève aussitôt, les bras le long du corps, serrant et relâchant les poings, sans que l'on sache trop s'il veut la battre ou l'enlacer.

Fraise enfile lentement une robe bleue et peigne ses cheveux dégoulinant d'eau. Caporal s'approche d'elle.

« Pourquoi m'as-tu trompé ? Tu m'avais dit que tu serais de retour au petit matin, mais tu as disparu pendant huit jours.

— Ils ont trouvé les somnifères ?

— Mais non, même le gardien ne s'est rendu compte de rien.

— Ah… »

Caporal lui caresse les cheveux : « Je t'ai attendue tous les jours, en pensant ne plus jamais te revoir. » Il ajoute en serrant sa tête contre lui : « Même s'ils n'étaient pas partis à ta recherche, moi j'y serais allé. »

Je mets le petit sac à fleurs sur mon dos et me mets à courir dans toute la pièce, suivie par l'oiseau qui vole avec moi.

Caporal a le regard perdu dans le lointain.

« Je t'aime, profondément ; quand je serai directeur du centre, je m'occuperai de toi et te donnerai tout ce que tu voudras pour que tu puisses te faire aussi belle que possible.

— Niu Yugen va obtenir une licence d'exploitation ? s'étonne Fraise en me faisant une grimace.

— On n'a pas besoin d'un enregistrement en bonne et due forme, réplique Caporal dont la voix a retrouvé toute son énergie. Pour l'instant, c'est très rentable, autant en profiter encore quelques années ; quand on aura gagné plein d'argent, on pourra chercher autre chose à faire.

— Tu es encore prêt à prendre des risques pour moi ?

— Tu veux encore sortir ? demande Caporal d'un air effrayé.

— Ma mère est malade…

— D'après le règlement, tu vas maintenant être enfermée dans ta chambre jusqu'au jour de l'accouchement. Mais je pourrai peut-être en toucher deux mots au président Niu. »

Caporal hésite encore un moment, puis s'en va.

Fraise pousse un soupir. « Je suis une menteuse. Je n'aime personne. Je veux juste garder cet enfant. Jamais je n'accepterai de le laisser à quelqu'un d'autre. »

26

74, concentre-toi !
88, suis le rythme !
26, mets-toi bien en place !
16, attention à l'expression !

Petit Général hurle ses ordres comme s'il mangeait des morceaux de bœuf séché, en les découpant l'un après l'autre.

« Repos ! Conformément aux instructions de la directive du centre, à partir d'aujourd'hui, pour bien montrer que vous toutes, ici, les productrices, joignez vos forces dans un même élan et êtes unies dans le même esprit, vous vous réunirez tous les matins à neuf heures précises, pour chanter ensemble *Un vrai paradis* ; les retardataires auront à payer une amende de deux cents yuans, les absentes une amende de mille yuans. »

Petit Général plisse les yeux. Il a des cils si longs et si épais qu'on voit à peine ses globes oculaires ; on aperçoit juste un éclat de lumière qui perce à travers la mince fente entre ses paupières.

« Garde-à-vous, fixe ! hurle-t-il. Préparez-vous à entonner *Un vrai paradis* ! »

Cette vallée si belle
sans tempêtes ni soucis
notre paradis, le voici
nid d'amour plein de richesses
ah ! un vrai nirvâna...

« Repos ! crie Petit Général en sortant un papier de la poche arrière de son pantalon. Condamnation de 88 au confinement… »

Son texte est très long, la première page tournée, il y en a encore une autre. Il a une souris qui fait des bonds dans la gorge et, comme il se lèche les lèvres, elles sont humides et brillent dans son visage rasé de près.

« … réunion de la commission de discipline et de supervision du centre. 25 juin 2015. »

Petit Général replie le papier et le remet dans sa poche arrière.

« Fantasmes, déclare Clémentine. Cet esprit du centre, cette pensée et cette discipline du centre, ce sont de purs fantasmes, on croirait la Constitution nationale.

— La taille d'un ovule, on connaît, mais cette commission de discipline et de supervision, c'est quoi ?

— Dans cette commission, il n'y a que le président Niu. C'est lui, le règlement, lui qui fait tout.

— Moi, je suis contre le confinement.

— Fais attention à ce que tu dis, coupe Petit Général, il est interdit d'insulter le centre, interdit de se livrer à des attaques personnelles.

— Hé, tu te prends pour le directeur général, avec un supérieur et un millier de subordonnés ?

— Si Fraise n'a pas le droit de sortir de sa chambre, nous, on ne sortira pas de la nôtre non plus.

— Moi, ma seule responsabilité, c'est de vous communiquer cette décision ; je fais ce qu'on me dit de faire, ce pour quoi je suis payé, dit Petit Général en plissant les yeux. Rompez les rangs. »

Sur quoi il tourne les talons et s'en va.

« Fraise est condamnée à la réclusion dans sa chambre, dit Clémentine, nous sommes toutes solidaires.

— Mais que peut-on faire ?

— Dans ces conditions, nous ne pouvons pas nous permettre de nous disputer. Grenade, Poire des Neiges, au moment où vous êtes arrivées, vous vous entendiez bien toutes les deux, non ? Comment se fait-il que vous soyez maintenant devenues ennemies ? Et toi, Ananas, bien que tu n'en aies plus pour longtemps à rester ici, on a besoin de ton aide.

— Quelle importance puis-je bien avoir ? J'attends juste de recevoir mon argent pour pouvoir faire un emprunt, répond Ananas avec une certaine indifférence, je n'ai aucune envie de me fourrer dans des histoires.

— Ananas, c'est le genre à avoir la langue bien pendue mais un cœur en or, remarque Clémentine. Grenade, 116 vient bien du même coin que toi, non ? Tu es chargée de la mobiliser.

— Avec une grosse poitrine, on peut tout faire. J'y vais », répond Grenade hilare.

27

Allongé aux pieds de Clémentine, la tête dressée, Mascotte écoute attentivement ce qu'elle dit.

« Hier soir, je l'ai revu en rêve. Il faisait nuit noire et il neigeait à gros flocons ; mon bras sous le sien, je marchais longuement avec lui dans une ruelle quand, soudain, je me suis réveillée. Je sens maintenant un vide en moi. » Le thé aux fleurs de chrysanthème exhale un doux arôme ; Clémentine griffonne dans son carnet. « C'était une ruelle profonde, qui ne menait nulle part, une vieille ruelle à la longue histoire, remontant à des centaines d'années. Des cours aux briques bleues et tuiles noires, avec deux rangées de vieux sophoras, et un fatras de choses diverses un peu partout. Des vélos et des pousse-pousse abandonnés çà et là, et l'odeur des toilettes publiques flottant par-dessus tout le quartier. Un vieil homme fumait une longue pipe en parlant d'une voix forte, tandis qu'une femme morigénait un enfant… »

A ce moment-là, je crois entendre un son étouffé tout près de mon ventre et je me lève, effrayée.

« Le bébé bouge ? » me demande Clémentine en posant son stylo pour passer la paume de sa main sur mon ventre, comme elle aurait fait avec un fer à repasser.

« Mais oui », reprend-elle sans attendre ma réponse. Son visage ne s'éclaire cependant qu'un bref instant et redevient sombre aussitôt. Ses petits yeux de mouton sont empreints d'une immense tristesse.

Je reviens dans ma chambre m'allonger. Ding Dang arrive, la poitrine en étendard, et se penche sur moi, en m'écrasant sous le poids de ses deux tertres funéraires, pour me palper le ventre de ses doigts glacés. Ces deux tertres ne semblent pas être à elle, on dirait qu'elle s'est fourré ces deux choses sur la poitrine pour se donner un air imposant. Quand elle va se mettre en colère, en particulier, ils émettent un signal d'alarme : ils se mettent à gonfler comme s'ils allaient faire sauter le bouton qui les retient et se propulser sur moi.

Je fixe donc le bouton, ce bouton noir cerclé de gris, avec quatre trous cousus en croix.

« Non seulement aucune réaction du cerveau, mais aucune réaction du ventre non plus », déclare Ding Dang d'un ton furieux.

Elle a le coin des yeux qui est parti en flèche, révélant leur blanc, aussi vaste que l'immensité d'un lac, avec le noir des pupilles comme un trou au milieu. Quand on regarde le blanc de ses yeux, on plonge dans le lac, et quand on regarde le noir des prunelles, on tombe dans le trou ; il faut grimper hors du trou pour revenir dans le lac. Je fixe le bouton. Quatre trous. En croix. La chair blanche, bien grasse, semble vouloir jaillir de la fente du chemisier. Maman tranche la viande grasse pour la faire frire, le gras est plein d'eau, comme un navet, et tremble comme du fromage de soja ; quand on la met à bouillir dans la marmite, cette viande dégage un dépôt gras que l'on mélange avec un peu de sucre, puis que l'on fait sauter avec du piment, en rajoutant de la graisse. Maman sait la préparer de différentes manières. Elle a les mains bien plus habiles qu'une machine. Quand c'est la disette au village, il y a toujours quelque femme paresseuse pour venir quémander à manger et maman trouve toujours le moyen de sortir quelque chose du fond d'un pot. Mais moi, quand je la vois donner quelque chose comme ça, ça me fait pleurer.

« Pourquoi tu pleures ? crie Ding Dang encore plus en colère. Pour une affaire tout bénéfice, vous repasserez, elle mange plus qu'un cochon. Et le fœtus ne bouge toujours pas, pas sûr qu'on ne soit pas amenés à intervenir. »

Ses doigts recommencent à me palper le ventre, comme si c'était un bijou de famille. Mais un bijou de famille qui ne vaut rien : si on le garde, ça prend de la place, d'un autre côté, c'est quand même dommage de le jeter. Alors elle ne décolère pas. Sa poitrine enfle peu à peu, le bouton saute, son chemisier s'ouvre.

Clémentine arrive, marche sur le bouton et, d'un coup de pied, l'envoie valser plus loin. « On m'a dit que l'idée de l'interdiction de sortie vient de toi. C'est vrai que tu as travaillé en prison ? »

Le visage de Ding Dang s'assombrit, et sa poitrine désenfle. « Le règlement du centre n'est pas fait pour qu'on s'en serve, au contraire. Personne n'a envie de mettre en œuvre les mesures de confinement qu'il prévoit. Si vous n'enfreignez pas le règlement, de telles mesures sont sans utilité, c'est comme si elles n'existaient pas. C'est comme un piège à souris, si la souris ne va pas s'y frotter, si elle n'essaie pas de s'emparer en catimini de la viande qu'on y a mise, elle ne se fera pas prendre.

— Ta comparaison est merdique, elle te ressemble, dit Clémentine en s'approchant, toi aussi tu es merdique. »

Ding Dang rougit en agrippant l'endroit du chemisier où le bouton a sauté, révélant quelques sillons dans la chair.

« Je vais prendre un autre exemple, dit Grenade en la fixant droit dans les yeux, tu sais combien de paires de tétons une truie peut avoir ? Si on considère leur aspect nutritif, la truie offre bien plus de potentiel que toi. »

Le blanc des yeux de Ding Dang devient une immensité lacustre parcourue de mille chatoiements ; si on plongeait dedans, on ferait gicler des milliers d'éclaboussures.

En fait, le lait de la truie n'est pas limpide, et si ses tétons sont roses, c'est à force d'avoir été tétés par les porcelets. La truie est un général sur un tank. Les porcelets sont des fantassins en manœuvre dans la campagne. Piétinant au passage les fleurs qui jonchent le chemin, des fleurs de pêchers, de pruniers, de poiriers…

Quelque chose a plongé dans le lac, en projetant une gerbe d'eau. Ding Dang s'enfuit en se cachant le visage dans les mains.

28

Des fraises ont poussé sur le gâteau. La flamme des bougies fait des bonds. Assises autour de la table, les femmes mangent des amuse-gueules, boivent des jus de fruits, du lait, s'amusent à se jeter des coques de cacahuètes. Avec leurs robes qui frémissent, elles font penser à un groupe d'immortelles au printemps. Le soleil, telle une grosse galette, roule jusqu'au bord de la montagne et teinte d'or la rivière. C'est un chatoiement de couleurs. Blanc du gâteau, rouge des fraises, noir du chocolat. Elles trinquent.

« Aujourd'hui, c'est l'anniversaire de Fraise. On veut qu'elle vienne fêter son anniversaire avec nous ce soir.

— On est contre l'interdiction de sortie. »

Je prends une fraise, lèche un peu la crème qui est dessus et la repose. Fraise n'est toujours pas là. Je prends une autre fraise et lèche toute la crème dont elle est couverte. Finalement, je mange toutes les fraises dont j'ai léché la crème. Comme il reste de gros trous sur le gâteau, je les aplanis du bout du doigt, et du coup, je mange aussi pas mal de gâteau.

La saveur de la crème me donne le hoquet, je ne me sens pas bien. Alors je vais m'asseoir sur ma chaise et ne bouge plus. J'entends des bruits bizarres dans ma gorge ; mes yeux se remplissent de larmes, qui m'inondent les joues.

« Ah, mon Dieu, s'exclame Grenade, elle a mangé tout le gâteau ! »

J'ai le hoquet. Plein de hoquets, que je n'arrive pas à contrôler. Le goût du gâteau a disparu, ce goût qu'on brûle de découvrir quand on voit un gâteau qu'on ne connaît pas. J'ai encore un hoquet. Ça me rappelle chaque fois que j'ai eu le hoquet, de la même manière, avec maman, avec Tête de Bois et aussi avec les gamins du village ; ça m'arrive tous les jours, au village, d'avoir le hoquet quand j'ai mangé des gâteaux. Les enfants viennent me chercher pour sauter à la corde, pour jouer au volant ou à la marelle. Je leur apprends à faire des frondes pour tirer sur les fruits et à attraper des cigales.

Clémentine prend une serviette en papier pour m'essuyer la bouche.

« Pour ton anniversaire, je t'en ferai un encore plus gros.

— On ne sait pas quel jour est son anniversaire.

— Puisqu'on ne sait pas, on n'a qu'à dire que c'est le jour de la fête nationale des Etats-Unis, dit Grenade.

— Bonne idée. Pêche, tu vas pouvoir manger ton propre gâteau d'anniversaire dans très peu de temps. »

Quand j'ai avalé du gâteau, j'ai toujours l'impression qu'il veut me ressortir de la gorge. Alors je le bloque.

Le président Niu arrive à toute vitesse.

« A quoi êtes-vous encore en train de jouer ? Vous ne pourriez pas vous mettre à ma place, essayer de me comprendre et avoir un peu pitié de moi ?

— Demander à la classe ouvrière d'avoir pitié des capitalistes qui l'exploitent ? N'est-ce pas comme demander à l'os d'avoir pitié du chien ? réplique Clémentine.

— Aujourd'hui, c'est l'anniversaire de Fraise, on veut le lui souhaiter, dit Grenade, on attend de voir si vous êtes capable d'un peu d'humanité.

— Ah, l'humanité, être humain c'est avoir la mémoire courte », rétorque le président

Niu en faisant deux pas à gauche, puis deux pas à droite, comme bridé par un fil tenu par ses gardes du corps qui font en même temps que lui deux pas à gauche, puis deux pas à droite. Après s'être arrêté à l'endroit initial, il reprend :

« Il y a un règlement, vous ne pouvez pas l'enfreindre…

— Ça, c'est le discours de merde de Ding Dang, dit Grenade, vous êtes vraiment cul et chemise, tous les deux.

— Il y a un règlement à observer ici… Si vous le respectez, il n'a pas lieu d'être, c'est comme s'il n'existait pas, explique le président Niu en pourfendant l'air de la paume de la main, c'est comme quand une souris se fait prendre dans un piège : si elle n'était pas allée s'y frotter en essayant de voler la viande qui y est accrochée, elle n'aurait couru aucun risque…

— Si le chat gratte le sable pour couvrir ses crottes, c'est pour effacer ses traces afin d'échapper à ses prédateurs. Mais vous, quand vous grattez le sable pour couvrir votre merde, c'est uniquement pour de l'argent, dit Grenade.

— Quelle grossièreté, vraiment ! s'exclame le président Niu en rentrant le cou, 76, vous qui avez fait des études universitaires jusqu'à la licence, comment pouvez-vous tenir des propos aussi vulgaires ?

— Quand on marche dans de la merde, on ne va quand même pas s'écrier "Ah la veine, mon cher !"

— Les étrangers disent FUCK. »

La bête tapie dans ma gorge fait encore un bond. J'ai un hoquet retentissant.

Clémentine me tapote la nuque, comme elle ferait à une panière en osier pleine de paddy que l'on secoue pour faire de la place, mais le gâteau refuse de glisser, il reste coincé dans ma gorge et enfle. Alors j'ouvre la bouche, et le gâteau en jaillit avec toute la crème. Clémentine tente de recueillir les morceaux en poussant la boîte du gâteau sous mon menton, mais je lui vomis dessus.

« Elle a trop mangé, dit Poire des Neiges, et quand elle a trop mangé, elle vomit, c'est toujours comme ça. »

Le président Niu semble se tenir sous un arbre, par un soleil éclatant, le visage à l'ombre des feuilles.

Clémentine m'essuie la bouche et sèche mes larmes.

« J'ai épuisé ma patience », dit Grenade en fourrant sa main droite dans sa poche. Je fixe sa main, en m'attendant à ce qu'elle sorte un revolver. Les autres femmes, elles aussi, mettent, leur main droite dans leur poche.

Mais Clémentine arrête la main de Grenade : « Président Niu, on veut votre accord sur deux points : primo, libérer Fraise, deuzio, supprimer la clause de confinement du règlement. »

Le président Niu rentre à nouveau la tête dans les épaules, puis recule de deux pas pour aller se placer entre ses deux gardes.

« Le règlement du centre, vous croyez qu'on peut le changer comme ça ? Vous croyez que c'est du papier peint ? Et moi aussi ? dit-il en pourfendant l'air de la main. Le cœur de l'homme est aussi insatiable qu'un serpent, vous en voulez toujours plus. Vous avez obtenu la liberté d'aller manger à l'heure que vous voulez, et maintenant vous me réclamez en plus la suppression de la clause de confinement, comme étant une punition contraire à la réglementation… Est-ce vous qui avez fondé ce centre ? Ce n'est pas vous ? Alors vous devez vous soumettre à celui qui l'a fondé. Votre attitude est inacceptable, et vos exigences le sont encore plus. Réfléchissez un peu : qui vous donne l'occasion de gagner très vite de l'argent ? Qui vous aide à résoudre vos problèmes ? Hein ? Le centre est une aubaine pour vous, vous devriez plutôt me remercier.

— Balivernes, s'exclame Grenade. Dans ces conditions, on va avaler ce qu'on a apporté. »

Grenade sort la main droite de sa poche, le président Niu se réfugie derrière les gardes, mais elle n'a pas de revolver à la main ; ce qu'elle tient, c'est une pilule, qu'elle lève. Et toutes les femmes en font autant.

« Qu'est-ce que c'est ? demande le président en revenant devant les gardes.

— Des pilules abortives, répond Grenade.

— Ah… s'exclame le président Niu en battant l'air des deux mains, vous êtes devenues folles ! »

Les pilules brillent. Les femmes lèvent légèrement la tête, la bouche ouverte. Il suffirait qu'elles relâchent les doigts pour que la pilule leur glisse dans la gorge.

« Vous n'avez pas le droit d'endommager ma production ! Le faire délibérément… c'est vous mettre en infraction à la loi, pensez aux conséquences ! J'ai investi tellement d'argent ici… J'ai emprunté de telles sommes à la banque… Vous voulez ma ruine… Mais quand la famille est dévastée, l'homme est à la rue ! hurle le président Niu. Vous… vous avez le diable dans la peau !

— Bien, on va avaler les pilules, dit Grenade, président, c'est votre dernière chance. »

Les femmes tiennent les pilules coincées entre les dents, sans bouger.

Le président Niu a le crâne en feu, des gouttes de sueur lui coulent sur le front. Il regarde les femmes, plus mort que vif. Caporal lui murmure quelques mots à l'oreille. Alors il déclare, les yeux à moitié fermés :

« En fait, nous n'avions jamais pensé garder 88 confinée très longtemps… Qu'on la laisse sortir aujourd'hui ou demain, cela ne fait pas une grande différence.

— Président Niu, il ne faut pas faire de compromis, coupe Petit Général, je ne crois pas qu'elles vont jeter aux orties leurs gains personnels pour quelqu'un avec qui elles n'ont aucun lien.

— Si je dis de la libérer, ne discutez pas, s'impatiente le président Niu.

— Reste le second point, la suppression de la clause de confinement… insiste Grenade.

— Depuis la fondation du centre, c'est la première fois que cette clause est violée… Mais vous n'avez pas l'intention de vous échapper, donc, que cette clause existe ou n'existe pas, ça ne change rien, n'est-ce pas ? argumente le président Niu d'un ton affable.

— Bien, on va avaler les pilules tout de suite. »

Le président Niu éponge la sueur qui lui coule sur le front.

« Caporal, supprimez immédiatement cette clause. »

Pfou ! Les femmes ont recraché les pilules.

Dès que le président et sa suite ont quitté la salle, les femmes éclatent de rire.

« Nos pilules de collagène ont eu autant de force de dissuasion qu'une bombe atomique, plaisante Clémentine, tout le monde a bien joué son rôle, l'illusion était parfaite.

— Le président Niu en a eu des sueurs froides. Il transpirait vraiment, c'est le roi des acteurs. »

J'ai un hoquet, et avec lui me vient encore une légère saveur de fraise.

29

Il prépare l'encre, prend une feuille de papier. On entend un léger froissement. Puis l'homme en longue robe grise, à la télévision, saisit un long pinceau en disant : « Aujourd'hui, nous allons apprendre à dessiner un poussin… Il a des plumes fines comme du duvet, il est vif et innocent, adorable. D'abord, il faut esquisser les contours de la tête… puis peindre en traits obliques avec un pinceau de taille moyenne et une encre pas trop noire mais assez dense. »

Le pinceau de l'homme se tord sur la feuille.

« Maintenant, on va dessiner les ailes en partant du cou et en allant vers l'arrière, en forme de parenthèses inversées… Pour peindre ensuite le croupion, il faut partir de l'arrière vers l'avant et dessiner des parenthèses inversées plus petites. Pour ces trois parties, il faut une encre d'un noir très fluide, et la partie du dos ne doit pas être trop grande… Pour la poitrine, l'encre doit être diluée ; il faut partir de la gorge et aller vers l'arrière… et pour le ventre, partir du croupion en faisant glisser très vite le pinceau vers l'avant… Pour le haut des pattes, toujours avec de l'encre diluée, vous partez du ventre et dessinez des traits obliques recourbés vers l'arrière… Pour le bas des pattes, il faut prendre un petit pinceau très fin, du genre "petit nuage blanc" ou "nervure de feuille", et l'utiliser sec, en le trempant dans une encre très peu diluée, pour tracer des traits obliques vers l'avant, fins d'abord, puis de plus en plus appuyés. »

Il change de pinceau.

« Maintenant on va peindre les griffes. Le poussin a quatre doigts à chaque patte, celui du milieu étant relativement plus long que les autres, et le plus court étant celui de derrière ; on les dessine d'un trait orienté de la façon la plus naturelle, avec le bout plat… Bien. On peut maintenant commencer à esquisser d'un point le bec, les yeux, les petites ailes, et la crête… Il faut utiliser un pinceau sec pour le bec, les yeux et les ailes… et pour la crête, du cinabre non dilué… Regardez, c'est terminé. »

A l'écran, on voit un poussin gris, la tête tournée vers le ciel.

Le soleil est chaud. Les poussins accourent, me grimpent dessus et picorent les brins d'herbe dans ma main. Ils ont des petits becs pointus, des pattes jaunes, des yeux comme des lentilles noires. M'man – piaillent-ils quand ils se perdent ; M'man, m'man – piaillent-ils aussi quand ils voient des insectes.

« Wenshui, où étais-tu passée, regarde dans quel état tu t'es mise ! » Maman enlève les brins de paille que j'ai dans les cheveux et fait tomber la poussière dont je suis couverte. « Quand Wentian sera né, tu auras quelqu'un pour jouer avec toi. »

« Fraise, tu as les mains qui tremblent, on dirait que tu as la malaria.

— On dirait un condamné à mort signant sa sentence, incapable de tenir le pinceau d'une main ferme.

— Poire des Neiges, ce que tu as dessiné, c'est une bouse à laquelle il a poussé des pattes.

— Ah, pas étonnant que les anciens soient allés se retirer au fin fond des montagnes pour peindre, on a besoin de calme. »

Les femmes ont l'air d'une bande d'oiseaux qui pépient.

Je joue à cache-cache avec Mascotte et vais me cacher dans une armoire pleine de capharnaüm.

30

Une ombre fugace passe sur le visage du président Niu, plongé dans ses pensées ; il a le menton appuyé sur une main et sa joue comprimée ne laisse voir de l'œil qu'une fente. Ses cheveux en brosse sont bien peignés en arrière mais tombent un peu en avant sur le front.

« Si elle l'apprend, que vas-tu faire ? demande Ding Dang qui n'est pas assise sur les genoux du président mais face à lui, de l'autre côté de son bureau.

— Je pourrai toujours implorer son pardon, répond le président Niu.

— Tu te fiches de moi.

— Non, je n'ai pas du tout l'intention de te blesser. Je ne veux vous blesser ni l'une ni l'autre. Et je ne permettrai à personne de le faire.

— Tu vas forcément en blesser une.

— Depuis le début, je ne t'ai jamais trompée. Elle est mon épouse, et la mère de mon fils.

— Ah, cette idiote, mais arrête de frapper, sors d'ici ! » me crie Ding Dang, les yeux gonflés, pleins de larmes.

Le président Niu tend les mains par-dessus toute la largeur du bureau pour prendre celles de Ding Dang.

« Tu me comprends bien mieux qu'elle. Si ma vie n'était pas aussi compliquée, je serais certainement très heureux de vivre avec toi.

— C'est parce que tu as eu besoin de son argent pour lancer ton affaire ?

— Une famille en harmonie est la clé de la prospérité. Si un homme veut vaincre au front, il ne faut pas qu'il néglige l'arrière-garde. Si je n'avais pas ce sentiment de responsabilité envers ma famille, tu ne pourrais pas m'aimer.

— Mais moi, alors, que suis-je dans tout cela ?

— J'en ai des migraines. Quelles que soient ses exigences, maintenant, je ne me sens pas en position de refuser.

— Tu vas nommer Caporal directeur ?

— Si elle le propose, je n'aurai aucune marge de discussion… En fait, je ne sais pas qui nous espionne, qui a pris toutes ces photos, et j'ai peur qu'elles lui soient tombées entre les mains.

— Elle a peut-être engagé un détective privé.

— Non, ce n'est pas son genre.

— Alors c'est peut-être une autre de tes amantes qui l'a fait. Celle que tu as forcée à avorter, par exemple ? Elle doit te détester, non ?

— Je lui ai donné cent mille yuans, j'ai vraiment fait tout ce que je pouvais pour elle.

— Alors la numéro 11 ? Dès qu'elle est arrivée, elle t'a tapé dans l'œil.

— Celle-là, c'est vraiment la plus grosse erreur de ma vie. Tu sais que désormais je ne traiterai toutes ces femmes que comme des productrices.

— Combien lui as-tu donné ?

— C'est moi qu'elle voulait, moi en tant qu'homme, l'argent était subsidiaire, répond le président Niu. Ding Dang, j'adore quand nous sommes ensemble, c'est tellement gai, tellement détendu. Tu seras à jamais ma belle confidente intime.

— A jamais ?

— Oui… répond le président en retirant ses mains, comme s'il venait de faire un nouveau projet de voyage. A jamais, contre vents et marées. »

31

Grenade est en train de décortiquer des têtes de graines de lotus. J'en prends une et la regarde à contre-jour ; on peut voir l'ombre de la graine dans son enveloppe, comme une abeille tapie dans son alvéole. Quand on dégage le côté saillant des alvéoles, au bord de la tête de lotus, apparaissent, serrées les unes contre les autres, les graines qui dorment à l'intérieur, comme enveloppées dans une couette. Si on ouvre celle-ci, on peut prendre les graines entre le pouce et l'index.

« Tu t'y prends vraiment bien, tu es de la région du lac ? » demande Grenade en jetant la coque de la graine qu'elle vient de décortiquer et en sortant deux cartes de son tiroir. « Regarde… cherche… où est ta maison ? »

C'est plein de traits partout, qui se tordent et serpentent dans tous les sens, des gros et des fins, des rouges et des verts. Des cohortes de fourmis rampent sur le papier. Le plus gros caractère ne dépasse pas la taille d'une petite coccinelle. Ma maison est grande, elle n'est pas sur ce dessin, on ne voit pas le jardin potager de maman, la prairie des poussins, ni la grande rivière avec les poissons qui nagent dedans, ni la forêt, les arbres fruitiers, les oiseaux.

« Chez moi, c'est là… » dit Grenade en montrant un cercle sur la carte. Un cercle qui n'est pas bien rond.

Cette carte ressemble à un coq qui aurait perdu ses plumes. Du bout de mon index, je dessine un cercle autour de ce coq déplumé, je lui dessine aussi deux pattes, puis je les relie.

« C'est Taiwan, dit Grenade, mais sans routes. »

Je dessine encore deux pattes. Un coq sans pattes, ça ne va pas.

« Alors, elle est où, ta maison ?… Ici ?… Là ? » demande Grenade en pointant un endroit, puis un autre.

Je dessine aussi un bec à mon coq, un bec long et pointu. Quand un autre coq vient serrer ses poules d'un peu trop près, le coq pourfend l'intrus de ce bec pointu. Alors les coqs se battent. Les plumes volent. Et les poules rient aux éclats.

« Celle-ci, c'est une carte du monde, explique Grenade en dépliant l'autre carte, une carte du monde entier. »

Elle ouvre une grande citrouille. « Ici… c'est New York. Dans quelques années, je vais envoyer ma fille Double Bonheur étudier là. » Elle caresse l'endroit du bout du doigt.

Maman a vendu un demi-panier d'œufs pour m'emmener m'inscrire à l'école. Mais le maître n'a pas voulu me prendre. Du coup, avec l'argent des frais de scolarité, maman m'a fait une jupe rouge.

« Mon intention n'est pas de lui faire faire des études pour qu'elle ait un métier, je voudrais juste qu'elle ait une vie saine et aisée… La dernière fois, où me suis-je arrêtée ?… En fait, quand j'y repense, j'ai commis des erreurs, on m'a dit que j'avais trop espéré, que je m'étais fait trop d'illusions, qu'il fallait rester réaliste. En considérant la situation avec le recul, il me semble que je me suis mariée pour me libérer du fardeau de ma vie. Qui aurait pu penser qu'il allait m'échoir une charge encore plus lourde, encore plus pesante ? Mon mariage a été une erreur. Mais c'est une erreur que j'ai choisie, et qui m'a donné Double Bonheur, donc je ne la regrette pas.

Mais il y a des erreurs qui ne cessent de vous gâcher la vie… Quand Double Bonheur est née, j'ai demandé le divorce. J'ai passé un mois à bien lui expliquer que ce mariage était une erreur. Et j'ai passé six mois encore à prouver que, si je voulais divorcer, ce n'était pas parce que j'avais perdu la raison, ni parce que j'avais une liaison, et encore moins pour l'obliger à changer de comportement. Je ne suis pas du genre à jouer à ce genre de jeu. J'ai déménagé et loué une maison, ma mère m'a aidée à m'occuper de l'enfant, ce qui m'a permis de continuer à travailler au journal. Il est venu chez moi me faire une scène et a voulu emmener Double Bonheur. Ma mère a eu une crise cardiaque, elle a failli en mourir, et j'ai dû demander un congé pour m'occuper du bébé et de ma mère. Je ne voulais pas laisser les choses traîner. Je suis donc allée voir un avocat. Et un beau matin, alors que j'ouvrais la porte, j'ai vu qu'il était là, endormi devant la maison, enveloppé dans une couverture.

J'ai averti la police, mais ils ont dit que c'était une affaire familiale et qu'ils ne s'occupaient pas de ce genre de chose. Merde alors. C'est l'aspect le plus terrible d'un mariage : toutes ces insultes, tous ces harcèlements, toutes ces menaces, on considère ça comme des affaires de famille, et donc c'est parfaitement légal. Pas étonnant que l'on dise : si vous voulez renoncer à la paix pendant plusieurs mois, faites des travaux chez vous ; si vous voulez ne pas connaître la paix pendant plusieurs années, achetez un appartement ; mais si vous voulez ne plus avoir un moment de paix pendant votre vie entière, mariez-vous. Se marier, divorcer, c'est mourir chaque fois.

Il n'y a pas au monde un être plus effrayant, plus dément, que cet homme. Même un démon a quelque bon sens, on arrive à lui faire entendre raison, à négocier avec lui. Mais quand cet homme a une crise de démence, on peut s'attendre à tout. Je ne pense pas que l'on puisse comprendre ce que je ressens. Il m'a souvent appelée au téléphone, en restant sans rien dire. J'ai changé de numéro. Alors il m'a suivie. Où que je sois, dès que je me retournais, je le voyais, debout devant moi, le visage sans expression. Ma journée de travail finie, lorsque je sortais du bureau, il était souvent là devant la porte à me fixer. Un jour que j'avais emmené Double Bonheur au supermarché faire des courses, en tournant la tête, je l'ai aperçu derrière les rayons. J'avais l'impression d'être ensorcelée. Il y avait de quoi devenir folle.

Un soir vers minuit, un orage s'est brusquement déchaîné, avec du tonnerre et de la pluie. Je me suis levée pour fermer la fenêtre quand un éclair a soudain illuminé la nuit : je l'ai vu de l'autre côté de la rue, près de la cabine téléphonique, qui surveillait ma fenêtre, trempé comme si on venait juste de le sortir de l'eau. J'ai eu la frayeur de ma vie. Il ne me restait plus qu'à changer de travail et déménager. Mais deux mois plus tard, il m'a retrouvée, et il a continué de me suivre. J'étais comme hantée. Je me cachais pour l'éviter. Mais il finissait toujours par me retrouver, au bout d'un ou deux mois… »

Une mouche vole de-ci de-là dans la pièce, et se pose sur les cosses de graines de lotus.

32

« On dirait que l'appétit va bien, aujourd'hui, dit Petit Général en faisant son tour d'inspection de la salle à manger.

— C'est délicieux, c'est quoi, cette viande ? demande Poire des Neiges.

— Du chien, répond Petit Général en regardant la main qui s'est fait mordre.

— Quoi, vous ne l'avez pas donné ? s'exclame Clémentine avec un sursaut.

— Il aurait été dommage de s'en débarrasser sans contrepartie, il mangeait tellement d'os.

— T'es vraiment une ordure, lance Ananas.

— C'est rendre le mal pour le bien, rétorque Petit Général en plissant les yeux, pensez un peu au mal que je me suis donné pour trouver un chien afin de satisfaire vos appétits ! »

Clémentine a l'air d'avoir avalé du poison ; elle tremble de tout son corps sans articuler un mot.

« C'est écœurant, dit Fraise en m'enlaçant, il y a des gens qui sont prêts à tout pour monter en grade : espionner, prendre des photos, dénoncer, tout leur est bon… C'est comme ça quand on n'a pas de culture, on ne sait que faire souffrir. »

Petit Général prétend n'avoir rien entendu : « Au fait, la prochaine fois, ne me refaites pas le coup du collagène… Montrez de quoi vous êtes capables, jouez l'authenticité. »

Poire des Neiges baisse la tête et reste ainsi, à fixer le sol.

33

« Tu vas rester ici quelques jours », me dit Ding Dang en m'enfilant une chemise à rayures verticales. Sur le drap blanc sont imprimés des caractères rouges. Entrent des gens en longues blouses blanches, dont l'un, qui porte des lunettes, interroge Ding Dang qui lui répond : « Je suis sa tante maternelle. »

« Fais ahah… et tire la langue », me dit en me touchant le menton l'un des jeunes arrivants en blouse blanche qui tient un bâton de verre transparent. J'ouvre la bouche et attends. Le bâton de verre écarte ma langue et s'enfonce jusqu'à la racine. Puis le jeune homme, de la paume, me frappe le menton, et ma bouche se referme. Je réalise que j'ai mordu dans le bâton de verre. L'homme en blouse blanche aux lunettes me presse le ventre de ses dix doigts, dans tous les sens. Un autre me serre le poignet avec une bande de caoutchouc pour faire saillir les veines, puis il me pique avec une aiguille et me prend du sang. Pendant ce temps, ils discutent entre eux en commentant l'actualité boursière.

« Cette année, le taux de croissance du PIB continue de baisser, cette tendance à jouer sur l'effet de levier crée un phénomène de bulle, le marché est instable et la volatilité des cours va croissant. Le marché réagit à la situation économique par une réponse flexible, ce n'est plus du tout un marché haussier comme en 2005, ni même le rebond conjoncturel qui s'est produit après 2008.

— Il y a deux jours, l'indice composite a atteint les 4000 points ; les spécialistes disent que l'évolution actuelle du marché pourrait durer encore dix ans, et que l'indice pourrait atteindre les 10000 points.

— Tout ça n'est que bavardage irresponsable.

— Pour les grandes capitalisations boursières, il faut savoir prendre le vent et agir en fonction des circonstances. Quelle est votre stratégie ?

— Les autres se dépêchent de rentrer dans leurs fonds, moi j'attends pour déboucler ma position.

— Moi j'ai pris quelques actions à haut potentiel… dit l'homme aux lunettes… Bon, demain matin je lui fais une piqûre. » Et, d'une main, il baisse ma chemise et me couvre le ventre.

« Docteur, la prochaine fois que vous achetez des actions, faites-moi signe.

— Si je fais des profits chaque fois que j'en achète, j'arriverai peut-être, à la fin, à ouvrir une clinique privée.

— Vouloir ouvrir une clinique avec de l'argent gagné en Bourse, vraiment, je vous admire.

— Nous sommes de minuscules pions sur un grand échiquier, incapables de tirer parti des opportunités… »

L'homme aux lunettes tourne les talons et sort, suivi de toute sa troupe.

Sur le lit à côté du mien est allongée une femme très maigre, les mains noires posées sur le drap blanc, comme une morte. Une petite fille est assise à côté de son lit, deux petites couettes nouées sur le haut du crâne. Elle s'est fait un petit avion en papier, qu'elle fait voler dans toute la chambre. Mais l'avion heurte le plafond, finit son vol en vrille et disparaît par la fenêtre.

« Lit 34, aujourd'hui vous n'avez pas payé les frais d'hospitalisation, vous comptez sortir ? » demande une infirmière, un carnet et un stylo à la main.

La femme maigre à la peau noire ne répond rien ; elle a le regard fixe, les yeux rivés sur un point, quelque part.

« Papa est allé emprunter de l'argent ; dès qu'il l'a, il va revenir payer l'hôpital et les médicaments, dit la petite fille.

— Si tous les malades faisaient comme vous, l'hôpital finirait par devenir une institution caritative, répond l'infirmière en enfouissant le papier et le stylo contre sa poitrine. Vous ne pouvez pas rester sans payer, il faut suivre les procédures de l'hôpital, il y a d'autres malades qui attendent une place.

— Maman ne va pas mieux, elle ne peut pas sortir, dit la petite fille en se mettant à pleurer, papa va revenir tout de suite avec l'argent.

— Ton papa a divorcé d'avec ta maman ; s'il avait voulu venir, il l'aurait déjà fait.

— Papa a dit que rien n'était changé, dit la petite fille, mon papa est toujours mon papa, et ma maman est toujours ma maman. »

L'infirmière ajoute encore quelques mots et la petite fille se met à pleurer encore plus fort. La main maigre et noire gisant sur le drap blanc se pose sur la tête de la fillette, comme une grosse mouche venue atterrir là.

Je me mets à pleurer, moi aussi.

« Tu veux un peu de bœuf séché ? » me propose la petite fille en déchirant un sac en plastique et en me fourrant des morceaux de bœuf dans la bouche. Elle s'accroche à la jupe de l'infirmière en sanglotant. A bout de patience, celle-ci s'efforce de desserrer ses doigts, mais cette main est comme une paludine agrippée à un rocher, une vraie ventouse.

34

Je suis étendue à plat sur le dos. Mon ventre tout rond ressemble à un globe terrestre. Un médecin portant lunettes, masque et gants me badigeonne la peau du ventre avec un bâtonnet de coton imbibé d'une lotion. Il prend son temps, passe et repasse en cercle, on dirait qu'il étend de la pâte à crêpe. Puis il jette le bâtonnet et prend une seringue dont l'aiguille est aussi longue que des baguettes. Quant à sa main, dans le gant en caoutchouc, on dirait un papillon légèrement posé sur le pétale d'une fleur qui frémit doucement. Je bouge.

« Tenez-la », dit le docteur. On dirait qu'ils veulent attraper une abeille en lui coinçant les ailes. Ils me serrent les pieds, m'immobilisent même la tête. Une aiguille brûlante me perce la peau du ventre et pénètre en embrasant tout sur son passage. Dans le mur de terre est creusé un trou d'abeille d'un noir d'encre. Elle est dans le trou, l'abeille, on la pique avec une tige de paille de riz. On entend des pleurs sourds venant du fond du trou. L'abeille tremble. La tige de paille de riz aussi.

« C'est bon, il va bientôt sortir », dit le docteur. La cuvette fait un bruit de métal que l'on heurte.

« Elle ne s'est même pas plainte, les débiles mentaux ont vraiment des réactions lentes.

— Elle est muette, comment pourrait-elle se plaindre ?

— Regardez, elle a le visage couvert de sueur.

— Ce sont des larmes.

— Qui est venu avec elle ?

— Sa tante.

— Heureusement, parce qu'elle ne va pas bien, l'accouchement va être difficile.

— Ramenez-la sur son lit pour qu'on l'examine », dit le docteur en jetant ses gants en caoutchouc dans la poubelle.

La tante Ding Dang ne tient pas en place. Elle va bavarder dans le couloir en mangeant un fruit. Mon ventre commence à me faire mal.

Le docteur à lunettes passe me voir à deux heures de l'après-midi, suivi d'une cohorte de blouses blanches. Il pose quelques questions à la tante Ding Dang, lève le drap : « Enlevez-lui son pantalon. » La tante Ding Dang me l'enlève et le fourre sous mon oreiller. Le docteur enfile des gants de caoutchouc.

« Ecartez-lui les jambes. »

Il enfonce deux doigts, les fait bouger.

« Cela fait combien de temps qu'elle a mal ?

— Quatre ou cinq heures, répond la tante Ding Dang.

— Tant que ça ! Le col n'est ouvert que de deux doigts », dit le docteur en retirant les siens.

Derrière lui, la troupe fait la queue, chacun enfile des gants et vient sonder le même endroit. Il y en a un, dans le groupe, qui ressemble à Tête de Bois, le visage rosé, tout timide ; il enfonce juste la moitié de ses doigts et les ressort très vite.

Le docteur à lunettes tire le drap et recouvre l'endroit qu'ils viennent de sonder ; l'air grave, il veut qu'on lui explique les impressions suscitées par cet examen. Chacun donne ses réactions en quelques mots. Certains prennent des notes.

Mon ventre me fait encore plus mal. Je me tortille comme une crevette. La douleur suit les mouvements de ma respiration. J'ai le corps trempé de sueur. Si on tordait ma blouse, il en sortirait de l'eau.

Les écouteurs sur les oreilles, la tante Ding Dang regarde un film en mangeant du pop-corn et en buvant du coca.

Une femme passe en pleurant. Les tubes au néon sont d'un blanc de neige.

La tante Ding Dang finit par fermer son ordinateur en poussant un soupir ; elle me jette un coup d'œil tout en se massant la poitrine, puis ouvre le lit pliant, s'étend et s'endort à poings fermés en ronflant. La douleur monte par vagues et retombe au rythme de ses ronflements. Je l'observe, en attendant qu'elle arrête de ronfler. Dehors il fait très noir. J'ai l'impression de flotter à la surface d'une rivière. Des poissons glissent derrière mon dos. Ah… un oiseau descend en piqué pour venir me jeter un coup d'œil, puis repart aussitôt vers le ciel.

C'est comme si la lame d'un couteau me tranchait le corps. Des morceaux de chair tombent comme des flocons de neige. Par terre, le sol est tout blanc, la chambre tout entière est blanche. Blanches sont les meules de foin, blanche est la jetée au bord de la rivière, blanche la clôture de bambou de maman, blanches, aussi, ses sandales élimées ; blanc est le crochet de fer derrière la maison et, devant la porte, blanche est la manivelle du puits. Je me promène dans la neige. Un morceau de glace s'enflamme au soleil. « Wenshui, viens vite te réchauffer près du feu, tu vas attraper des engelures », me crie maman.

Le matin, quand j'ouvre les yeux, la troupe de blouses blanches est déjà autour de mon lit. La tante Ding Dang, d'une main, se passe un doigt au coin des yeux pour en enlever les saletés, et de l'autre se peigne. Le docteur à lunettes lève mon drap et me tape sur les jambes, qui s'ouvrent automatiquement. Il enfonce deux doigts en moi. Les remue. Et les remue encore. Sans rien dire. Puis il retire la main, enlève ses gants et parle avec la tante Ding Dang. Les blouses blanches à tour de rôle viennent enfoncer leurs doigts en moi.

« On en est toujours à une ouverture de deux doigts.

— Le col semble quand même plus détendu qu'hier.

— Il faudrait savoir dans combien de temps on aura une ouverture de quatre ou cinq doigts.

— Dans certains cas, il faut attendre trois ou quatre jours avant que brusquement il s'ouvre, dit le médecin à lunettes, ce n'est pas la peine de s'énerver.

— Il faut qu'elle boive beaucoup d'eau, elle a la bouche très sèche.

— Massez-la et changez-la, qu'elle se sente un peu plus confortable.

— Docteur, quand le fœtus va-t-il être expulsé ? demande Ding Dang.

— Cet après-midi, ou demain matin de bonne heure, répond le docteur à lunettes, elle a besoin de manger, elle est trop faible. »

C'est à cause d'un escroc que j'ai mal, un escroc qui m'a trompée. J'ai été ébouillantée, blessée avec un lance-pierre, transpercée par des pointes de châtaignes d'eau, écorchée par des morceaux de coquillages cassés, mordue à pleines dents, piquée par des aiguilles, brûlée, congelée.

La douleur est bien cachée, toutes ces blouses blanches réunies n'arrivent même pas à la trouver, ils n'arrêtent pas de fouiller en moi avec leurs mains, en gaspillant des tas de gants.

Une main me relève la paupière, l'autre pince la fossette sous mon nez.

On a suspendu une bouteille de verre, très haut, une bouteille avec des bulles dedans. Et sur le dos de ma main on a collé un patch blanc.

« On l'a perfusée pour lui injecter de l'ocytocine », dit l'infirmière à la tante Ding Dang.

Les blouses blanches reviennent et, comme les autres fois, pénètrent dans mon corps avec leurs doigts à tour de rôle. Fouillent en discutant. L'eau glacée coule goutte à goutte en moi. Me glace le corps. J'ai froid.

Le nombre de blouses blanches diminue. Il n'en reste que trois, dont je reconnais les doigts. Je sais distinguer ceux du docteur à lunettes de ceux des jeunes blouses blanches. Les doigts du docteur à lunettes, ce sont ceux du maître chez lui ; les doigts des jeunes blouses blanches, une fois en moi, ont l'air de chiens égarés.

« Préparez l'opération », ordonne le docteur à lunettes.

Ils font rouler mon lit jusqu'à la salle d'opération. Avec un bâtonnet de coton, on me passe sur tout le corps un produit qui sent très fort. Une aiguille me perce le derrière, on m'en met une autre dans le bras. J'entends les bistouris, les ciseaux, les pinces faire un bruit de métal en se heurtant. Ils discutent de l'opération, je les entends parler de « broyer », « démembrer ». Puis je m'endors.

Tout en dormant à poings fermés, je fais un cauchemar : je vois maman en pleurs à la maison, deux hommes la soulèvent et l'emmènent, elle a les cheveux trempés, collés sur le visage, le bas du corps ensanglanté. Ils l'ont mise sur un fauteuil ; elle a les yeux fermés, la bouche crispée. Je me réveille en larmes.

35

« Elle a récupéré très vite et elle est plus solide que jamais, dit Ding Dang en me malaxant le bras et me tapotant le derrière, on va pouvoir très vite relancer la production.

— Ça m'ennuie, cet échec », dit le président Niu en fronçant les sourcils, le regard fixe, émergeant du fond de deux masses de chair et rivé droit devant lui. Puis, tournant les yeux vers Ding Dang : « Tant pis, allons-y. D'accord pour un nouvel essai. »

Je cueille une feuille et la dépiaute jusqu'à ce qu'il n'en reste plus qu'un réseau de minces nervures. Je vois alors le président Niu se fractionner en d'innombrables morceaux, son regard se diviser en d'innombrables fragments. Son nez, sa bouche, son crâne, tout se scinde en menus morceaux. Le bureau, l'ordinateur, la fenêtre tombent en miettes. Ding Dang, elle aussi, se fragmente, et avec elle ses stèles funéraires.

« Elle a l'air d'être encore plus cinglée qu'avant, dit Ding Dang.

— Si c'est un nouvel échec, on s'en séparera et on la renverra d'où elle vient.

— Oui. Mais il faut aussi que nous soyons extrêmement vigilants.

— Depuis la fondation du centre, l'important, pour éviter les problèmes, c'est de préserver la confidentialité de nos rapports. Si le secret de notre liaison avait été mieux gardé, personne n'aurait pu nous prendre en photo. Ces derniers temps, j'ai dû marcher sur des œufs.

— Tu ne viendrais pas chez moi, ce soir ? Cela fait longtemps que tu n'es pas venu.

— Un autre jour, trésor, ce soir j'ai promis de rentrer à la maison lui préparer des côtelettes de porc à la sauce aigre-douce.

— Moi, je n'ai que la partie aigre.

— Ici, au centre… tu ne te considères pas comme chez toi, délivrée de tout souci matériel… cela me fait faire énormément de souci.

— Je pourrais partager avec toi une bonne part de la pression. Mais je pense que tu n'ignores pas que beaucoup de sociétés font banqueroute parce qu'il y a trop de membres de la famille dans leur organisation.

— Tu as tout à fait raison. »

36

Je m'accroche à la grille de fer et contemple la terre en friche qui s'étend au loin devant moi. Le métal a une odeur froide de poisson qui m'envahit les narines. Mascotte gambade dans l'herbe. Ha hé, ha hé, crie un faisan en s'envolant. Des plumes tournoient dans le ciel. Ouah ouah ! aboie Mascotte qui tombe en arrêt devant un trou de rat et se met à gratter en faisant voler la terre de tous côtés. Ouhhh ! souffle furieusement le vent. Il y a un endroit où l'herbe est plus courte. Je vois Mascotte se changer en pierre et rester là, caché au milieu des brins d'herbe. Un nuage passe. Un mouton rentre au bercail et Mascotte saute sur son dos.

« Tu es dans la zone interdite, me hurle le garde, rentre vite. »

Mascotte accourt vers moi. Je me suis coincé la tête entre les barreaux de fer.

Le garde me dégage en me poussant le front.

« Tu saignes, dit-il en enlevant avec un mouchoir en papier les insectes collés sur mon visage, tu m'as vraiment l'air d'une fille à problèmes.

Je vais te dire mon nom, pour que tu t'en souviennes, poursuit-il en me regardant, Wan Chunya : *wan* comme dix mille, *chun* comme le printemps, et *ya* comme un bourgeon… Imagine, dix mille arbres en bourgeons au printemps.

J'en ai marre d'être de garde à la porte, comme un chien, sans rien avoir à faire, dit-il encore. Regarde, dehors il n'y a rien… Par contre, j'ai entendu dire que, dans le centre, il y a plein de jolies filles, j'aimerais bien pouvoir faire des patrouilles à l'intérieur, comme ça je pourrais vous voir tous les jours… Ici, je n'ai que les cafards à qui parler… Pour moi qui suis un moulin à paroles, rester huit heures par jour sans ouvrir la bouche, c'est un supplice… Ici, c'est le paradis pour vous, les femmes, mais ce n'est pas le cas pour moi ; vous, vous gagnez plusieurs centaines de milliers de yuans pour une grossesse, c'est de l'argent facilement gagné. C'est vraiment génial d'être une femme, je veux en être une dans ma prochaine existence. »

Il fait un bruit de cymbales et de petite cloche avec ses lèvres. Bang tshh bang tshh ding ding.

Une troupe joue un opéra *huaguxi*[1] ; le visage peint en blanc immaculé, les yeux cerclés d'un noir de jais, les hommes agitant un éventail, les femmes brandissant un mouchoir, ils chantent et dansent.

« Ah, si seulement j'étais muet moi aussi ! » s'exclame la dizaine de milliers d'arbres en bourgeons au printemps en sortant une cigarette de sa poche. Le briquet fait clac ! Une bouffée de fumée s'élève… « Seulement voilà, je ne le suis pas. Mais bon, c'est comme ça ; au moins je peux rester ici, et toi, tu peux te poster à la grille et regarder dehors, ajoute la dizaine de milliers d'arbres en bourgeons au printemps en montrant la porte tandis que la cendre tombe de sa cigarette, au bout de ses doigts. Mais il faut que tu fasses attention à ne pas recommencer à te coincer la tête. Surtout, il ne faut pas que tu te fasses remarquer. »

Les barres de métal dégagent une odeur de poisson froid. Et là-bas, au loin, il y a encore cette pierre qui n'est toujours pas redevenue Mascotte.

« Hé, regarde », continue le garde et il déboutonne son pantalon, ouvre la fermeture éclair, en sort un truc comme on sort les entrailles d'un poisson que l'on vide.

1. Opéra populaire régional dit « des fleurs et des tambours », originaire du Hunan.

J'entends les aboiements de Mascotte, quelque part.

« Les filles aiment ça, me dit-il en tenant ce truc comme s'il tenait un poisson… Je peux te le prêter pour que tu joues avec… un moment… parce que je suis ton ami. Je ne l'ai encore jamais prêté à personne… Tu ne veux pas jouer avec ? Bon, alors je le range, mais après, si tu changes d'avis, je ne le ressortirai pas… Je ne le prête pas n'importe comment. »

Et il prend le poisson à deux mains, comme on en attrape un pour le mettre à l'eau dans un étang.

Le poisson ouvre grand la bouche pour respirer. Sur la berge, il ne peut pas vivre très longtemps.

Les barres de fer ont une odeur froide de poisson. La rouille y dessine comme des écailles. L'herbe s'étend au loin comme une onde où passent des vagues, l'une après l'autre.

37

On dirait que la foudre fouette une toupie, les coups de fouet se succèdent, dans des grondements de tonnerre. Brom bombom, brom bombom. C'est un bruit fracassant, dans toutes les directions. Le vent et la pluie se déchaînent en hurlant dans l'obscurité. Hou ! Hou ! L'eau coule, goutte à goutte, sur les vitres de la fenêtre, comme si quelqu'un était en train de pleurer.

Le couloir s'illumine puis retombe dans l'obscurité. L'orage gronde au loin.

Je suis appuyée sur l'épaule de Grenade, lovée bien au chaud dans sa douceur.

« Il y a des gens qui devraient être frappés par la foudre… Ils prennent leurs propres enfants en otage, c'est difficile à croire, raconte Grenade, ce jour-là, quand ma mère est allée à la crèche chercher Double Bonheur, il l'avait déjà emmenée. Exactement comme il l'avait dit : vous pouvez vous cacher à dix pieds sous terre, je creuserai et finirai par vous retrouver. Il voulait deux cent mille yuans dans la semaine en échange de l'enfant. Sinon il la liquidait… »

Sa respiration semble venir d'aussi loin que le grondement du tonnerre, dans l'obscurité.

« Je suis allée déposer plainte à la police. Mais il a dit que j'étais mythomane, qu'il avait juste emmené sa fille se balader quelques jours. Les policiers l'ont cru, lui, et pas moi… »

Grenade est assise bien droite, le corps soutenu des deux mains.

« Je n'avais pas les deux cent mille yuans, alors tant pis, de toute façon je n'avais pas l'intention de lui donner un centime. On n'imaginerait jamais que quelqu'un puisse avoir en lui autant d'abjection et de méchanceté. On ne voit pas ce qui se cache au plus profond d'un être. Il ne manque pas d'ordures qui s'en prennent à leurs propres enfants pour faire pression sur d'autres gens. Alors je me dis par moments qu'au moins, ici, au centre, on est en sécurité. »

Grenade me caresse les cheveux, ses doigts sont comme deux petits poussins pénétrant dans une touffe d'herbe.

« … Avant, quand il faisait orage, j'écoutais le tonnerre, comme maintenant, en espérant que la foudre lui tombe dessus… Heureusement, peut-être parce qu'il lui restait encore un peu d'humanité, son couteau a épargné Double Bonheur. Elle est restée quinze jours à l'hôpital et en est sortie indemne, mais la terreur qu'elle a éprouvée l'a tellement traumatisée qu'elle est devenue autiste… Alors, la seule chose qui m'importe maintenant, c'est de la faire soigner et de lui faire oublier sa frayeur ; pour ça, je suis prête à tout changer dans ma vie, renier ma culture, abandonner ma langue maternelle, tout changer jusqu'au monde entier, pour lui éviter à l'avenir de se retrouver face à face avec un Chinois… Oui, tout ça, je suis prête à le faire.

… Finalement, même s'il avait été foudroyé, cela n'aurait rien changé, en fait. J'ai compris que la haine ne faisait qu'accroître la charge mentale qui m'opprime. Le pardon, pour une malheureuse incapable de maîtriser sa vie, est un moyen de se libérer, de sortir de ses entraves. »

Grenade expire brièvement et pouffe de rire.

« Pêche, tu as vu ? Une porte vient de s'entrouvrir à la dérobée et Poire des Neiges a passé la tête dans l'entrebâillement ; tu vas voir, Petit Général, tiré à quatre épingles, va sortir en bombant le torse, la queue entre les jambes ; on peut sentir d'ici l'odeur de sperme sur son corps…

Poire des Neiges fait la pute, mais elle mériterait aussi bien une arche de chasteté[1]. On dit qu'elle aime tant son mari, qui a perdu tout ce qu'ils possédaient en pariant sur des chevaux, qu'elle est venue au centre pour rembourser ses dettes… Cette brute épaisse de Petit Général qui ne songe qu'à sa promotion a beaucoup d'autorité et couche avec plusieurs femmes. Il ne perd pas son temps… Regarde, la porte s'ouvre. »

Effectivement, une tête apparaît dans l'embrasure de la porte et une grande ombre noire en sort furtivement. Puis la porte se referme doucement derrière elle. L'ombre noire avance, droite comme un I, mais à peine a-t-elle fait quelques pas qu'une autre ombre noire jaillit soudain d'une encoignure et l'arrête.

« Ha ha, tu es de service de nuit dans les chambres ? Tu fais du zèle.

— Et toi, tu t'es aussi levée aux aurores pour le bien du centre ?

— Jiang Jingui, mon cher ami, tu as vraiment un sacré culot. Si le président Niu apprend que tu

1. Dans la Chine impériale, une veuve devait rester fidèle à la mémoire de son défunt époux ; elle ne pouvait se remarier. Dans les cas les plus exemplaires, on pouvait ériger une « arche de chasteté » à la veuve méritoire pour commémorer sa vertu. Il fallait pour cela un décret impérial qui entraînait *de facto* le versement d'une somme à la famille, ou au village, pour couvrir les frais de l'érection de l'arche.

fricotes avec ses productrices et sabotes délibérément la sécurité de son capital…

— Tu crois que ta plantureuse poitrine va suffire à rendre tes élucubrations crédibles ?

— La filature, les photos, les enregistrements en douce, la high tech, tu t'y connais, hein ? susurre l'ombre noire en ricanant tout bas. Mais moi, j'apprends vite.

— Ding Dang, tu es vraiment ignoble.

— Tu me flattes. Montons sur la terrasse pour bavarder. »

« Quand un chien attrape une poule, les plumes volent partout », me souffle Clémentine à l'oreille.

Cela me fait penser à Mascotte. Alors je me lève d'un bond et me précipite entre les deux ombres.

38

Une peau de chien noire est accrochée au mur de la salle à manger. Je fonds en larmes.

« Jiang Jingui, c'est lui remuer le couteau dans la plaie…

— Tant pis, il mieux vaut qu'elle comprenne, autrement elle va continuer à chercher son chien à longueur de journée.

— Pêche, regarde, c'est Mascotte, il est mort. »

Les morts dorment dans les tombes, à flanc de coteau, maman a la sienne, papa aussi. Il faut que Mascotte ait sa tombe, lui aussi. Sur les tertres, tous les ans, fleurissent des fleurs rouges, couleur de sang, qui jonchent le sol dès que souffle le vent.

Je caresse la peau de Mascotte, en pleurant encore plus fort.

« Voilà un échantillon gratuit de peau de chien pour embellir le cadre de la salle à manger et promouvoir le sens artistique, déclare Petit Général dont on entend craquer les chaussures en cuir.

— On ne peut pas la rater, cette peau de chien sur le mur, il vaut mieux s'y faire.

— Poire des Neiges, tu es étonnante, ce que tu dis est de plus en plus tendancieux.

— Je pense juste que ça ne vaut vraiment pas la peine de se disputer pour une peau de chien, vous trouvez ça tendancieux ?

— On a une vendue dans nos rangs, savoir quel avantage elle peut bien en tirer.

— Ah, à vous entendre, on se croirait revenues aux mots d'ordre de la Révolution, vous faites peur avec toutes ces histoires de vendus, de renégats, de traîtres ! dit Poire des Neiges avec un rire sarcastique.

— Aucune compassion, quelle tristesse.

— Toutes les femmes qui enfilent les robes du centre sont sur le même moule, il n'y en a pas une qui vaille mieux que les autres, rétorque Poire des Neiges, vous vous prenez pour des déesses mères ? »

Je caresse Mascotte sur le mur. On dirait un tableau.

Ses yeux noirs scintillent. Comme l'eau de la rivière dans la nuit.

« Interdit de toucher, tu viens de prendre un os », dit Petit Général en mettant la main sur le gourdin noir qu'il porte à la taille, dans le dos – un gourdin doté du même pouvoir que le fouet des dompteurs de fauves dans les cirques.

Je m'appuie contre le mur, tout près de Mascotte, mais Petit Général me pousse du bout de son gourdin. Alors je me retourne et le mords, sur quoi il me donne un coup de gourdin et je m'effondre, paralysée.

« Tu l'as frappée avec un gourdin électrique ! s'exclame Fraise en me prenant dans ses bras.

— Elle m'a mordu, j'étais en état de légitime défense, rétorque Petit Général.

— J'ai toujours pensé que les gens les plus à craindre ne sont pas les puissants qui ont le pouvoir d'opprimer le peuple, mais les faibles qui maltraitent les faibles, remarque Clémentine en partant chercher le président Niu, ces gens-là, il ne faut pas avoir la moindre indulgence envers eux, s'ils ont un pistolet à la ceinture, ils tirent, s'ils ont un gourdin, ils frappent.

— Tout à fait, si un homme porte un gourdin, il doit éviter de l'utiliser n'importe comment, en particulier pour frapper une femme », souligne Grenade.

39

Le chef cuisinier copie un menu sur le tableau noir, on entend crisser la craie. Il tient un document à en-tête rouge et lit à haute voix tout en écrivant : *Aujourd'hui à midi, trois plats et une soupe. Deux plats végétariens, un plat non végétarien. Quantités pour chaque plat : perche à la vapeur, 150 ounces ; cœur de chou à l'ail pilé, 100 ounces ; ignames de Huaiqing sautées, 80 ounces ; riz, 200 ounces ; potage à la tomate et aux œufs, 300 ounces.*

« Chef, dit Grenade, ce n'est pas ounces, mais onces ; cela dit, jusqu'ici, on donnait les quantités en grammes, non ? »

Le chef porte une haute toque blanche, mais ses vêtements blancs sont maculés de taches de graisse, ses mains ont un éclat huileux, et même son visage brille d'une couche d'huile. Il trace un point final avec le plus grand sérieux et répond en penchant la tête, l'huile refluant d'un côté de son visage à l'autre :

« Comment voulez-vous que je sache ? J'écris ce qu'il y a sur le papier… des ounces… ou onces… c'est quoi ?

— Une once, c'est une unité de mesure internationale pour l'or. Mais on ne mange pas d'or, quand même !

— 150 onces de perche, ça fait combien ? » demande Fraise.

Le chef se retourne et déclare en pointant son papier du doigt, d'une main tremblante :

« Il est dit dans ce document que, confronté à une grave crise économique, le centre doit aujourd'hui procéder à des ajustements macro-économiques, c'est-à-dire à des licenciements, mais aussi à des ajustements micro-économiques, c'est-à-dire à des économies sur les dépenses ; il doit en particulier contrôler le budget repas. Lors de sa dernière réunion, cependant, le comité de gestion du centre a décidé de ne pas licencier de personnel, les chômeurs étant un facteur d'instabilité et une source de tension dans la société. Le président Niu a bien dit que ce qui compte le plus pour lui, c'est son profond attachement à chaque personne qui travaille ici. Le centre doit conserver tout son personnel, car il faut se serrer les coudes dans l'adversité de même qu'on partage les moments de bonheur quand tout va bien ; on ne peut absolument pas éliminer du personnel dans l'indifférence. Quel patron généreux ! Franchement, nous tous, ici, on se la coule douce, alors ne pinaillons pas pour savoir s'il faut compter en livres, en grammes ou en onces.

— Le compte de Pêche n'a rien rapporté, c'est ce qui a provoqué une crise financière au centre ? demande Clémentine.

— Sa femme et son fils veulent partir à l'étranger.

— Partir à l'étranger ? Je ne vois pas en quoi c'est si bien. Où que ce soit, on n'est jamais mieux que chez soi. Pourquoi diable vouloir aller à l'étranger ? On y est méprisé, discriminé, arnaqué… Dans son pays, on peut marcher la tête haute, déclare le chef, qui est pourtant rond comme une barrique et ne pourrait guère dresser la tête, tout juste bomber le torse, on est maître chez soi.

— Maître ? Sur ce bout de terre, de quoi es-tu maître ? Une maison ? Tu as juste un droit de propriété temporaire, un droit d'usage de quelques dizaines d'années. Un champ ? Au mieux, tu l'as en fermage. Est-ce que tu peux vendre ta terre pour rembourser tes dettes, liquider tes champs pour aller vivre en ville ? demande Clémentine. Chef, tu ne sors pas de ta cuisine et tu crois que le monde entier mange à sa faim. Qu'est-ce que ça a de si bien, de partir à l'étranger ? Cette question, tu devrais la poser aux fonctionnaires et aux riches. Tu as bien sûr entendu parler de tous ces expatriés fortunés et puissants, mais il y a aussi une foule de misérables sans le sou qui partent illégalement. Pourquoi ? Pour donner une meilleure éducation à leurs enfants, assurer leur sécurité alimentaire, avoir la liberté de transférer leurs biens…

— Je ne comprends toujours pas pourquoi on veut partir à l'étranger, répète le chef, comme s'il était en train de goûter une soupe à la sauce aigre-douce, notre pays s'est enrichi, il est plus fort, on y vit bien mieux, alors quel avantage y a-t-il à émigrer ?

— Laisse tomber, Clémentine, coupe Grenade, tu perds ton temps. La mesure du bonheur n'est pas la même selon l'aisselle où on met le thermomètre. Arrête de toujours vouloir faire la leçon à tout le monde.

— Me faire la leçon ? Quelle leçon ? regimbe le chef en redressant sa toque et en écrivant le menu du dîner du soir, ce qui est écrit dans ce document, c'est que, d'ici la fin de l'année, il faudra doubler la valeur globale de la production ; il faut que tout le monde coopère dans ce but, et la logistique est particulièrement importante… Alors, président Niu, et vous toutes aussi, observez bien vos assiettes, vous allez voir. »

40

A l'aube, une affiche en gros caractères est placardée sur le petit tableau noir :

Hommage à un gigolo bénévole.

Au terme d'une longue observation, l'auteur de la présente note a pu constater qu'il y a au centre un gentil gigolo. Il s'agit du responsable de la sécurité, le camarade Jiang Jingui pour ne pas le nommer. Quand il est de service, il se glisse dans les chambres des productrices et leur fournit des services gratuits, apportant ainsi une contribution désintéressée à la paix qui règne dans cet établissement. Il part de nobles principes ; connaissant en profondeur les énormes besoins physiologiques des femmes dans la conjoncture très particulière qui est la leur, il n'hésite pas à porter atteinte au processus productif, pleinement conscient des risques qu'il fait ainsi courir au système du centre, pour apporter résolument un immense réconfort aux productrices. Selon des statistiques encore incomplètes, le camarade Jiang Jingui a prodigué ses soins à au moins quatre productrices, en se dévouant entièrement à la tâche, dans la plus parfaite abnégation.

Il est difficile de rendre pleinement justice à si noble entreprise. Au vu des hautes performances du camarade Jiang Jingui, l'auteur de ces lignes propose donc instamment de l'élever au rang de travailleur modèle, de lui octroyer un bonus et de lui décerner la bannière du travail. Si la faute commise par le camarade Jiang Jingui en compromettant la production devait entraîner son licenciement, cette mesure serait vécue avec un sentiment de profonde affliction par les nombreux membres du système de production. Le centre a besoin de collaborateurs d'une telle abnégation ! Et les membres du système de production ont également besoin de la douceur de son réconfort.

Une anonyme reconnaissante.
En date d'aujourd'hui.

Porc à l'étuvée aux graines de moutarde marinées, 100 ounces ; œufs à la vapeur, 100 ounces… écrit le cuisinier en lisant tout haut.

« Chef, tu t'es encore trompé, ce n'est pas ounces, mais onces. Quand vas-tu nous faire du bœuf à l'étuvée ? lance Grenade en riant aux éclats, incapable de retenir sa langue.

— Pour le moment, tu n'as pas le droit de commander des plats… Moi, je ne suis qu'un cuisinier, je fais ce qui est marqué sur le papier à en-tête rouge », répond le chef, dont la sueur huileuse forme des ondes sur le visage.

Poire des Neiges grignote tranquillement la moitié d'un petit pain en prenant de minuscules bouchées du bout des doigts, comme un oiseau picorant du bout du bec. Elle a le visage aussi lisse que le gruau dans son bol. Elle est très belle, ainsi, d'une beauté végétale, en quelque sorte ; elle vient juste de prendre un bain et exhale une senteur très douce.

41

Pomme est revenue, c'est maintenant le numéro 183. Ses seins ont l'air de deux bêtes aux abois qui se débattent fiévreusement sur sa poitrine. Du lait en suinte ; ses vêtements en sont trempés. Elle détache un bouton, et ses seins enflés apparaissent comme deux dirigeables que l'on viendrait de gonfler, encore attachés à leur corde ; quand elle les presse des deux mains, il en sort un jet de liquide blanc. On dirait qu'elle tient un pistolet à eau et qu'elle tire par terre. Il y a des fourmis qui flottent sur l'eau.

« Quel dommage de gaspiller du si bon lait… Si je pouvais allaiter un mois… ne serait-ce qu'une dizaine, voire une quinzaine de jours, ce serait bon pour le bébé, dit-elle en se massant vigoureusement les seins. Mon fils, je l'ai allaité un an, et il était solide… Mais bon, c'est vrai que, même s'il l'avait été encore plus, il n'aurait pas pu éviter la catastrophe... »

Elle fait une pause, puis reprend : « Ce n'est pas pour dire que j'ai été une mère idéale... Je l'ai même battu, parce qu'il était difficile et ne mangeait pas de tout... »

Et elle continue de se masser les seins.

Les femmes en rouge sont de plus en plus nombreuses. Le soleil chauffe, dans la maison, l'air est irrespirable. Les cigales chantent sans arrêt et on transpire à grosses gouttes toute la journée. La terre est crevassée ; sur les feuilles des saules, les chenilles sont roulées en boule. Les piments, les luffas, les aubergines, les haricots verts, tout est desséché. Prises de folie, les grenouilles sautent dans l'étang. En jouant à cache-cache avec Mascotte, je me suis cachée dans l'armoire, au milieu du capharnaüm. Je me sens somnoler ; une vague de sommeil me gagne peu à peu, me submerge, je n'arrive plus à garder les yeux ouverts.

Je suis réveillée en sursaut.

« Bonjour, je me présente, je m'appelle Wan Chunya, comme dix mille arbres en bourgeons au printemps, c'est facile à retenir. On a échangé nos postes, Jiang Jingui et moi ; il n'y a pas très longtemps, on disait qu'il devait prendre la direction du centre, je ne sais pas pourquoi, à la place...

Ah, mais je suis vraiment trop bavard. Bien sûr, il va certainement revenir tôt ou tard ; avant de promouvoir un cadre, on l'envoie d'abord sur le terrain s'aguerrir un peu, ça ne peut pas faire de mal. »

Wan Chunya parle comme une poule enfermée dans une cage qui fait du raffut en essayant d'en sortir. Voyant Pomme se masser les seins, et la porte de la cage toujours fermée, il se fige un moment, mais très vite reprend vie, étend une jambe, puis l'autre, croise les mains et fait craquer les jointures de ses doigts.

« Jiang Jingui n'avait pas envie de faire le planton à l'entrée, alors il a démissionné. Tu ferais mieux de faire un peu attention à ce que tu dis.

— Boulette de Bœuf a révisé la ligne politique. »

Les femmes éclatent de rire. Et moi, je me rendors à poings fermés.

« Vous vous fichez de moi, hein ? Ce n'est pas grave, l'important, c'est que vous soyez gaies. » Un canard égaré se met soudain à cancaner : « Je suis un farceur, coin coin coin. Amuser la galerie, faire le larbin, être aux petits soins pour tout le monde, voilà ma gloire. Si vous avez besoin de quelque chose, n'hésitez pas à me demander. Mais maintenant, il faut que vous quittiez la salle de détente pour aller dans la salle à manger, c'est l'heure du dîner. »

Des bruits de pas résonnent soudain de tous côtés, les uns lointains, d'autres tout près, donnant l'impression que la pièce est pleine de monde et que c'est une pagaille générale.

« Personne ne bouge.

— Emportez tout ! »

Le tumulte s'apaise vite et le calme revient.

La faim me réveille. Il n'y a personne dans la salle à manger ; personne non plus sur la terrasse, ni dans les chambres. Le bâtiment est totalement désert. Quant au bureau du président Niu, on dirait un champ de maïs piétiné par du bétail ; il n'y a plus un seul fichier dans l'armoire, l'ordinateur aussi a disparu.

Je vais jusqu'à l'entrée principale. La grille est grande ouverte. Accrochée aux barres de fer qui sentent toujours la même odeur de fraîchin, je regarde au loin. Le soleil se couche déjà sur le flanc de la colline et là-bas, au milieu des touffes d'herbe ondoyantes, j'aperçois Mascotte qui se précipite vers moi.

Achevé d'imprimer en France
sur les presses de
Meilleures impressions

Dépôt légal : mai 2021